徳間文庫

鏡よ、鏡

赤川次郎

目次

1　変身

その女の子は、少なくとも三回、同じ交差点の横断歩道を渡っていた。

「何やってんだろ？」

沙也（さや）は、もうすっかり空（から）になったグラスの氷のとけた水をストローで吸い上げながら思った。

向うの歩道へ渡ったかと思ったら、十分ほどしてこっちへ渡って来る。

もちろん、原宿から表参道へ抜けるこの通り、平日とはいえ学校は夏休みだから、休日並みに中、高校生たちが数人ずつ連れ立って歩く姿は途切れることはない。

この暑いのに……。

パーラーに入って、冷房の効き過ぎで少々震え上っている沙也だって、人のことは言えない。夏休み、友だちと待ち合せている高校生である点、この「大勢の中の一人」なのだから。

しかし、肝心の待ち合せた相手が、約束の時間を三十分過ぎてもやって来ない。

おかげで、レモンスカッシュの入っていたグラスも今は氷水しか入っていないという有様。

「――あ、まただ」

ちょうど沙也の席から見える交差点。信号が青になって、ワッと人が渡り始める。

その中を、あまり急ぐ様子もなく、こっち側へ歩いて来るのは、ついさっき向うへ歩いて行った女の子。

スラリと長い足を惜しげもなく人目にさらして、髪は茶色に染め、長身でスタイルもいい。

人目をひく存在であることは確かだ。

でも、なんだって同じ所を行ったり来たりしているのだろう？

「――お水、入れましょうか？」

ウエイトレスが、沙也の空のコップに水さしを傾ける。

「あ――。すみません。ちょっと待ち合せてる子が遅れてて……」

沙也は曖昧(あいまい)な言いわけをした。

「いいですよ。ゆっくりしてて」

やさしく言ってくれるのが嬉(うれ)しい。

すると――店の扉がガラガラと開いて、何と、あの茶色い髪の女の子が入って来たのだ。

「いらっしゃいませ」

ウエイトレスが店の中を見回して、「あいにく今、一杯で……」

沙也は気がひけて、店を出て表で待っていようかと思った。

ところが、暑さのせいで顔を真赤（まっか）にしたその女の子は、店の中を見渡して、沙也を目にすると、

「あそこでいいわ」

と言って、ツカツカと沙也のテーブルの方へやって来たのである。

沙也が面食らっていると、

「沙也！　久しぶりねー」

と、さっさと向いの椅子（いす）にかける。

「あの……」

「いやだ、分んないの？」

と笑い声を上げる。

笑顔というものは、一人一人、みんな違うもので、沙也もその子の笑い方を見てハッとした。

「え……。涼子（りょうこ）？　三原（みはら）涼子？」

「当り」

「——びっくりした！」

沙也は、涼子がジュースを頼んでいるのを半ば啞然として見ていた。

「沙也のことは一目で分ったわ」

と、三原涼子は言った。「ちっとも変ってない、中学のころと。髪まで同じじゃない」

「そう？　ま、確かにそうかな」

沙也も笑って、「二年ぶり？　三年か」

「中三以来だもんね。今、高三でしょ？」

「うん。——涼子も同じでしょ」

少し間があった。

「私、学校やめたの」

と、涼子は言った。

「やめた？」

「大体、二年生になってから、ほとんど通ってなかったんだ。それで、ますます行き辛くなって、それなら、いっそやめちゃえ、と思ってね」

涼子はバッグからタバコを取り出した。

「沙也、一本どう？」

沙也は黙って首を振ると、呆然として、煙を吐き出す旧友を眺めていた。

「――ね、涼子」

少しして、沙也は気を取り直すと、「あなた、さっきからそこの交差点を行ったり来たりしてなかった？」

「見てたの？」

「うん。――もちろん、涼子だなんて知らなかったよ。でもさ、何しろスタイルいいし、その格好……目立つし」

「ありがとう。そう言われたくてね」

と、涼子は微笑(ほほえ)んだ。

中学生のころから、三原涼子はクラスで一番背が高く、足もスラリと長くて可愛(かわい)い、目立つ存在だった。

沙也は涼子と何となく気が合って、時々一緒に帰ったりもしたが、成績はともかく、その足の長さ（沙也の場合は『短かさ』と言う方が正しい）、顔が小さくて、目鼻立ちのはっきりした愛らしさを、いつもひそかに羨(うらやま)しがってため息をついていたものだ。

「何してたの？」

と、沙也は訊(き)いた。

ジュースが来て、涼子はタバコを灰皿に押し潰(つぶ)すと、ストローを軽くくわえて飲んだ。

「──おいしい！　汗が出ちゃうと困るけど、やっぱり暑くてのびちゃう」

「水分、ちゃんととった方がいいよ」

と、沙也は言った。「でもさ、ああやって歩いて……」

「見当つくでしょ。スカウトされるのを待ってるの」

「──スカウト」

「そう。結構今売れてるタレントでも、この辺を歩いてスカウトされたのがいるのよ」

「それは聞いたことあるけど……」

「私だけじゃないわ。ちょっと気を付けて見っててごらん。一人で歩いてる女の子には、スカウト待ちが大勢いるのよ」

「じゃ……いつ声をかけられるか分んないのに？　でも、変なのに声かけられたりしない？」

「その辺はちゃんと見きわめてるわ。怪しげな〈モデル〉とか〈女優〉の誘いとか、少なくないもの」

「気を付けてよ、涼子」

「オーディションとかも色々受けてる。でも歌も踊りもやれるわけじゃないしね。ま、こうして歩くのもパフォーマンスの一つ」

「へえ……」

涼子は、あまり色々訊かれたくないのか、

「沙也は何してるの、こんな所で？」

「何って……友だちと待ち合せ。でも、ちっとも来ない」

「男？」

「女の子よ。同じクラスの」

「何だ。――どうなの、男の子の方は？」

「涼子と違って、もてないの」

――そう。涼子は中学生のころから、ボーイフレンドの途切れることがなかった。

「そういえば、中三のころ、よく涼子のアリバイ作りを手伝わされたっけ」

「そんなこともあったわね」

「大変だったのよ、言いわけ考えるの」

「でも、面白かったでしょ」

「まあね」

と、沙也は言って笑った。

そして、二人は何となく黙った。

涼子はジュースを飲み干すと、

「——冷房で汗もひいたし、また出て来るかな」

と、息をついた。「じゃ、沙也、またね」

「ね、涼子——」

「これで払っといて」

千円札をテーブルに置くと、涼子は立ち上ってさっさと店を出て行ってしまう。

沙也は、涼子がまぶしい日射し(ひざし)の下、それでも頭を上げ、スッと背筋を伸して、またあの交差点を渡って行くのをガラス越しに見ていた。

「——今の子、お知り合い？」

ウエイトレスが、涼子の飲んだグラスを片付けながら、訊いた。

「ええ、友だちです。久しぶりに会って……」

「よく見かけるわ。ここ三、四か月かな」

「そんなに？」

「見ればすぐ分るわ。『声かけてちょうだい』って様子で歩いてるものね。でも、怖いわ。そんなんで、ちゃんと有名になれる子なんて、ほんの少し」

涼子が、学校をやめてこんなことをしているというのは、よほどのことだ。

何があったんだろう……。

沙也が不安な思いで、涼子がまた交差点を戻って来るかどうか見ていると、店の扉がガラッと開いて、

「ごめん！　時間間違えちゃって！」

とちょっと舌を出しながら、待ち合せていた友だちがやって来た。

ちっとも急いで来たという様子ではない。

沙也は首を振って、

「いつものことで」

と、言ってやった。

2　早起き

電話が鳴っている。

電話だ。

電話が鳴ってるってば！

電話が――。

「分ったわよ！　うるさいわね！」

沙也は小さなベッドから這い出すと、床に置いた電話へ手を伸した。

何だっていうのよ！　人がやっと眠れたところなのに。

――そう言われてもね、作者としちゃ、電話に出てくれないと話が進まないんですよ。

分ってるってば！

「――はい。――ああ、和人(かずと)なの」

と言いながら、沙也は欠伸(あくび)をした。「どうかしたの？」

「TV見てる？」

「TVって？」

「TVだよ！　今、三原さんが出てるんだ！」

弟の和人は十五歳の中学三年生。知ってる人がTVに出てるっていうだけで興奮して、声が上ずっている。

「三原って……。涼子のこと？　TVに？」

「早くつけてみなよ！」

「分ったから、怒鳴(どな)らないで。――どこの局？」

沙也はリモコンを手に取って、TVをつけた。

和人に言われたチャンネルを選ぶと、いきなりTVの画面一杯に、涼子の顔が出て、びっくりした。

「——注目の新人、三原涼子ちゃんです！」

と、司会者が声を張り上げると、涼子がカメラに向って手を振る。

まるで沙也に手を振っているかのようで、沙也は手を振り返しかけた。

そうか……。涼子、ついに念願を果したんだね。

「おめでとう、涼子」

と、沙也は言った。

すると——電話が鳴り出した。

え？　どうして？　今、私、和人からの電話に出てるのよ。それなのに、どうして電話が鳴るの？

「変じゃないの。——和人、もしもし？」

電話は鳴り続けている。

鳴って、鳴って——そして——。

沙也はハッと目を開け、起き上った。

「——夢か」

夢の中で、和人と電話で話していたのだ。でも——今鳴っているのは本物の電話らしい。

「はい……。もしもし」

何だか半分眠っているような状態で出ると、

「時間よ。ちゃんと起きて」

と、母の声。

「お母さん……。起こしてって頼んだっけ」

「頼んどいて忘れないでよ。今日は何かのアルバイトだって言ったわよ」

母、雅代は呆れて笑っている。

「――思い出した！　サンキュー」

沙也は頭を振って、「大丈夫。もう起きたから」

「二度寝しないのよ」

「うん」

電話を切って、小さなベッドに起き上ると、沙也は今見た夢のことを思い出していた。

そうだ。

寝る前に、TVの新人コーナーを見て、三原涼子のことを思い出したのだった。

涼子、どうしてるのかな。

まだ、あの交差点を行ったり来たりしているのかしら。

あの偶然の出会いから、もう一年以上が過ぎた。

でも、夢の中とは違って、涼子がどこかでデビューしたという話は聞かない。――そんなに簡単なものではないのだろう。

沙也も、この春高校を卒業した。

高校の間世話になっていた叔母の所からは、出なくてはいけなかったし、両親との約束で、「高校を出たら家へ戻る」ことになっていたのだ。

でも、沙也は両親に頭を下げて頼んだ。

「スタイリストになりたいの。専門学校へ行かせて！」

父も母もびっくりしたが、沙也が決していい加減な気持で言っているのでないことは分ってくれた。

そして――色々問題はあったが、今、沙也は望み通りに専門学校へ通う身である。

今日は日曜日。学校は休みだが、頼まれていたアルバイトに行かなければ。

いくらTVドラマなんかで見るスタイリストやファッションデザイナーが颯爽としていても、憧れだけでは食べていけない。

人は何をしていたって、毎日眠くなり、お腹が空く。TVドラマには出て来ないところだが、人一人、食べていくというのは大変なことだ。

この何か月かで、沙也もそのことが身にしみていた。少しでも払いのいいアルバイトは、何が何でも断らない。

もう一度電話が鳴って、出てみると、また母からだった。

「ちゃんと起きてる?」

「起きてるよ」

「今夜、ご飯食べに来る?」

「うーん……。バイト、何時に終るか——。でも、少し遅くても良ければ行く。おかず取っといて」

「訊いとかないと、和人が全部食べちゃうからね」

母の気持が嬉しかった。

「必ず行くよ」

「食べるものは、ちゃんと食べとかないと、あんたはまだ大人じゃないんだからね」

母の口ぐせだ。

十八くらいのとき、手軽なものばかりでお腹を満たしてすませてしまうと、後になって必ずどこか弱い所に病気の形で出る。——服を買うのをやめても、食べるものは食べなさい。

それでも、つい財布の中身と相談して、ハンバーガー一個ですませることも珍しくない。それが分っているから、母も家へ食べに来いと誘ってくれているのだ。

「——さ、仕度だ」

と、沙也は口に出して言った。

沙也が起き出して、顔を洗っているころ、三原涼子はあるドアの前に立っていた。

少しためらいがなかったと言えば嘘になる。でも、いつもいつも迷ってばかりいたら、何も始まらない。

昨日、原宿で声をかけられたとき、涼子はお腹が空いていた。

その人は、涼子が空腹なのにすぐ気付いて、

「何か食べながら話そう」

と言ってくれた。

それも、涼子なんか入ったことのない、ちょっと洒落たイタリア料理の店で、

「何でも頼んで。でも話がいやなら断っていいからね」

その言い方が気に入った。

今まで涼子へ声をかけて来てくれた人は、涼子をただの「商品」としか見てくれなかったし、

「何でも出られりゃいいんだろ」

という態度だった。

でも、その人は違った。

「大した仕事じゃなくて、悪いけどね」

どこだかの観光地のPRビデオに、ニッコリ笑って出るという仕事。

「やります」

と、涼子は言った。

「それなら、一応、ビデオに撮って、『この子を使いたい』って先方へ送るから、明日ここへ来て」

そう言われてやって来たのが、このドアである。

涼子はチャイムを鳴らした。

少ししてドアが開く。

「昨日はごちそうさまでした」

と、まず礼を言う。

「入って」

決して広くはないが、スタジオ風の作り。

ガランとした部屋に、スチールの椅子。ライトがいくつか立てられていた。

「――この服でいいですか」

OKが出て、涼子はホッとした。

「じゃ、その椅子にかけて。――ジュースでも？」

断るのも悪いと思って、飲んだ。

椅子に座って、色々セッティングしていると、次第に眠気がさして来た。

いけない。——こんな所で寝ちゃ。

早く起きたせいかな。でも、こんなに眠くなるなんて……。

涼子は、床一面にビニールシートが敷いてあるのを見て、どうしてかしら、と思った。

そして、そのままストンと穴に落ちるように、眠りに落ちてしまったのだ……。

3　メイク

「ちょっと、何よ、これ」

と、沙也は小声で文句を言った。

「何って言われても……。分らない？　今をときめくアイドル、エリカ風だよ」

と、メイクの手を止めて、吉川みどりが言った。

「分ってるけどさ……。何もこうそっくりにしなくたっていいでしょ」

と、むくれて見せた沙也だったが、このバイト、ただじっと座って、メイクされていればいいという楽なもの。

あまり文句は言えないのである。

「もう少し。――我慢してて」

メイクアップ・アーティストを目指す吉川みどりは沙也と同じ十八歳の女の子。何となく気が合って仲がいい。

――ズラリと並んで、それぞれ個性的なメイクを競う子たち。どうしても目立とうと、ついついやり過ぎてしまうのである。

――みどりが「エリカ風」というのは、今、大変な人気の「エリカ」というタレントによく似て見えるメイクのことだった。

「――はい、これで終り」

と、みどりが言った。

「後でちゃんと落としてよ」

と、沙也は言ってやった。

全員、メイクが終ると、一列に並んで〈審査員〉の前に立つ。

「――あの人、知ってる」

と、みどりが言った。「グレーの背広の男の人。あれ、エリカのマネージャーさんよ」

「まさか」

「本当よ。私、知り合いなんだもん」

「へえ……」

エリカのマネージャーが、どうしてここにいるの？

もしかして、みどりは予め審査員の中にその人がいると知っていて、こういうメイクをしたのかもしれない。少々「ずるい」と言えばそうかもしれないが、コネでも何でも、自分の存在をアピールする機会は逃さないようにしなくてはならない。そういう世界なのだ。

審査員の中には、立って来て、すぐそばでジロジロとメイクをした顔を覗き込む人もいて、沙也は、ふき出したいのをこらえるのに苦労した。

――結局、みどりはトップにはなれなかったが、〈努力賞〉みたいなものをもらって、賞金を手にした。

「……お疲れ」

解散になって、みどりが沙也の肩を抱く。

「バイト代はちゃんと出すから」

「当り前でしょ」

「ただ、月末まで待って」

「何よ、それ」

と、むくれたものの、苦しいときはお互いさまだ。「月末には払ってよ」

「分ってるって。今まで私が約束守らなかったことがある？」

「ある」

「ま、確かにあるけどね。でも、そう年中はない」

他人が聞いたら笑うだろう。

みどりが道具を片付けていると、

「――やあ、頑張ったね」

と、話しかけて来たのは、例の〈エリカ〉のマネージャー。

「あ、立川さん。どうですか、この子？　エリカさんに似てません？」

「うん、感じはちょっと似てたよ」

男は、沙也に名刺を渡した。

〈立川雄一〉
二十八、九歳というところか。背広もしわ一つなく、几帳面そうな人である。
「初めまして」

と、沙也は会釈した。「小田沙也です。あの――名刺、まだ持ってないんで」

「専門学校の学生さんだろ？　そりゃそうだよ」

と、立川という男は笑って、「一緒に記念写真を撮ろう。エリカに見せてやる」

「本当に？　沙也、凄いじゃない！」

「君も入って」

立川はポケットから取り出したデジタルカメラで、仲良く腕を組んだ沙也とみどりを撮った。

「――後でプリントして送ってあげるよ」

と、立川は言って「小田君だっけ？　住所、教えてくれる？」

「あ……。はい」

立川がもう一枚出してくれた名刺の裏に、沙也はアパートの住所をメモして、それから少し迷ったが、ケータイの番号を書き添えた。

立川はそれを受け取って、

「君は何になりたいの？」

「スタイリストを目指してます」

と、沙也は言った。

「スタイリストか。――大変だよ。体力勝負だからね。特にアシスタントなんか、休みもないようなもんだし、徹夜も当り前だ。ほとんどの子はそれに耐え切れなくてやめていくね」

「覚悟してます」

「体をきたえとくことだよ。——じゃ、これで」

「ありがとうございました」

きちんと挨拶（あいさつ）できるかどうかも、勉強の内である。

立川が行きかけると、みどりが、

「ちょっと待って！」

と、追いかけて行き、沙也から少し離れた所で小声で話している。

みどりったら……。

立川としゃべっている様子、どう見ても個人的に親しい仲だ。——いつの間にあんな人と付合うようになったの？

「——じゃ、バイバイ！」

みどりは明るく手を振って立川と別れると、沙也の方へ戻って来た。

「みどり、今の立川さんと、どういう仲？」

「へへ……。怪しく見える？」

と、みどりはニヤニヤして、「残念でした。——立川さんはね、私が小学生のとき、うちに家庭教師に来てたの。大学生でね」

「へえ……」

「エリカのコンサートに行ったとき、ロビーで見かけて、どこかで見たような人だな、って思ってたら、向うから声かけて来た」

「偶然だね」

「そう。知り合いになっといて、損はないよ」

聞いて、沙也は思わず苦笑した。

まだ学生だっていうのに、世渡りだけは大人並みに上手になっている。

それとも——私の方が幼いのかしら？

4　逃走

「もっと食べたら？」

と、母の雅代が言った。

「もう……苦しい！」

沙也はフーッと息をついた。「ごちそうさま！」

「小食になったわねえ」

と、雅代が心配そうに、「少しやせたのと違う？」

「姉さん、太ったよ」

言いにくいことをズバリと言うのは、弟の和人。

「変ってませんよ、体重は」

と、沙也は言い返した。

我が家はいいや。——沙也は畳の部屋へ移ると、真中に大の字になって寝た。

「邪魔だい」

と、和人が文句を言った。「TVゲームやるんだ。どいてよ」

「たまに帰って来てるお姉さんに、ちょっとは親切にしたってバチは当らないと思うよ」

「そんなこと言ったって、姉さん、自分で好きなことしてるだけじゃないか」

いちいち、言うことが当っているから腹が立つ。

しかし、姉弟ゲンカの始まる前に、母親がやって来て、

「和人。少しお姉ちゃんをゆっくり休ませてあげなさい」

と言った。

「ちぇっ。女は女に甘いや」

「生意気盛りね」

と、沙也は寝たままで、弟の出て行くのを見て言った。

「ちゃんと寝るのよ。睡眠不足で何やっても、身につかないわ」

「お母さんの言う通りにしてたら、毎日食べて寝るだけで終っちゃう」

と、沙也は笑って言った。「──お父さん、どう？」

父、小田広和はまだ帰っていない。

夜十時を少し回っていた。

「いつも遅いし、食欲もないし。──病院で検査してもらって、って言ってるんだけど、『大丈夫だ』って……」

雅代がため息をつく。

沙也は起き上ると、

「ごめんね。私、勝手なことばっかり……」

「せっかく入学したんじゃないの。ものになるまで諦めちゃだめよ」

という母の言葉が胸にしみる。

──この春、専門学校に入って一人暮しをしている沙也だが、夏になるころ、父の勤めている会社が「危い」と言われ始めた。

社員を二割も減らすということになって、五十歳の父、小田広和は一時、「リストラされる組」に入っていたらしい。

父は見る見るやせて、胃の痛そうな様子で、母を心配させた。

それでも、何とか会社へ残れることになり、ホッとしたのも束の間、父は営業へ異動になった。もともと無口で人付合いの苦手な父に、営業は向かない。

しかし、そんなことは言っていられなかった。

何しろ和人はまだ中学三年生だ。先は長い。

そして――九月も末。

沙也は、ますます顔色の悪くなった父を見ると、気が気ではなかった。

「私、人間ドックの予約、入れちゃおうか」

と、沙也は言った。「倒れてからじゃ遅いよ」

「そうねえ……」

母には分っている。――父自身も、どこか悪いところがあると思っているからこそ、
検査を受けるのが怖いのだ。

「ともかく、日曜でもやってくれる所とか、ないか当ってみる」

と、沙也は言った。

「そうしてくれる？」

と、雅代は肯いて、「私が言っても怒るだけだからね、あの人は。沙也の言うこと
なら聞くかもしれないわ」

といって、沙也も病院関係や医者に知り合いがいるわけではない。

「――姉さん、電話だよ」

と、弟が顔を出す。

「誰から？」

「三原さんだって」

「三原……。涼子かな」

と立ち上る。

廊下にある電話に出ると、

「三原涼子の母ですが」

「あ、どうも。沙也です」

「お久しぶりね。お元気？」

「ええ。涼子さん、頑張ってます？」

「あのね――」

と、急に声が暗くなって、「涼子がどこにいるか、心当りを捜してるの」

「涼子……いないんですか」

「もう三日帰らないの」

「三日も……」

「たまに、一晩くらい帰らなかったことはあるんだけど、三日も帰らないのは初めてで。連絡もないし」

――沙也は、涼子がＴＶに出ている夢を見たことを思い出した。

メイクのモデルになった日だ。

あれからちょうど三日。

「涼子さんとは、去年偶然会ったんですけど……」

「ええ、話してたわ、あの子。いつも、帰ってもろくにおしゃべりなんかしない子だけど、あのときは、とっても懐しそうで」

と、涼子の母は言った。「じゃ――何もご存知じゃない？」

「ええ……。すみません」

「いいえ。とんでもない。ごめんなさいね」

「何か思い出したら、すぐ連絡します」

「お願いね」

と、言ってから、「――あの子、本当にすっかりおかしくなってしまって。お友だちも段々離れて行ってしまったの」

「何かあったんですか」

「ええ、まあ……」

母親は曖昧に言って、「じゃあ、お邪魔して」

と、少し唐突な感じで切ってしまった。

涼子……。何でもなければいいけど。

「──どうしたの？」

茶の間に戻ると、雅代が訊いた。

沙也の話に首を振って、

「何かいやなことでもあったのね、きっと」

「うん……。ゆっくり話す機会もなかったから……」

沙也はまた畳に横になって、ぼんやりと天井を見上げていたが──。

「そうだ」

と、ふっと呟く。

「──もう大丈夫よ」

と、彼女は言った。「行きましょう」

「うん」

男の方はいささか不安そうだったが、車のエンジンをかけると、大きく一つ息をついて、

「行くか」

と、アクセルを踏んだ。

車は深夜の地下駐車場をゆっくりと抜けて、急な斜面を出口へと上ろうとした。

そのライトの中に、突然男の姿が浮かび上った。

あわてて急ブレーキを踏む。

「キャッ！」

と、女が声を上げた。

車の前に立ちはだかった男は、助手席の方へやってくると、ガラスをトントンと叩(たた)いた。

「——何なのよ！」

アイドルは不機嫌な声で、「つけ回さないでって言ったでしょ」

「ここを出たら、TV局のカメラが待ちかまえてますよ」

と、立川は言った。「エリカだけじゃない。そちらもうまくないんじゃ？」

ハンドルを握っていたのは、三十代後半のベテラン俳優。

「——分ったわよ」

エリカはロックを外すと、ドアを開け、「降りて、どうするの？」

「向うに別の車が待ってます」

マネージャーの立川はエリカが降りると、ドアを閉めて、「さあ」

と促(うなが)した。

「——ずっとつけてたの？」

「待ってたんですよ、ここで」

と、歩きながら立川は言った。

「ここで？　だって、どうして私たちがここへ来るって分ってたの？」

「あの人はいつも同じパターンなんです。若い女の子に手を出すときはね」

立川は車のキーをポケットから出すと、「これです」

「この車？」

エリカは目を丸くした。

――ベテラン俳優の車は、このマンションの駐車場を出たところで、駆け寄って来たTV局の取材班に止められたが、目当てのエリカは見当らず、

「僕は妻を大事にしてるからね」

というコメントを残して、走って行った。

十五分後、小型のバンがマンションから出て来た。

「宅配の車だ」

待っていたTV局のリポーターはがっかりして、「エリカは一緒じゃなかったのか？」

――宅配便のバンは、十分ほど走って人気(ひとけ)のない道で停(とま)ると、つなぎの制服を着た立川が運転席から降りて、後ろの荷物スペースの扉を開けた。

「もう大丈夫。出て下さい」

エリカは段ボールの間から起き上って、

「乗り心地悪いわね」

と、文句を言った。

「前へ移って下さい。帰りますよ」

エリカは仏頂面で助手席へ移った。

「——そんな制服、どこで手に入れたの?」

「買ったんですよ、ちゃんと。このバンは借りものですがね」

「ご苦労様」

「いいですか」

と、立川はため息をついて、「恋人を作るのはいいでしょう。しかし、どうしていつも妻子持ちなんです?」

「仕方ないでしょ。たまたまよ」

「今が大切なときなんです。社長からも言われてるじゃないですか」

「ばれないようにするのが、あなたの役目でしょ」

と、エリカは言い返した。

アイドルはわがままである。

「考えましたよ、僕も」

と、立川は言って、「これを見て下さい」

ポケットから一枚の写真を取り出す。

「何なの？」

「この女の子。――メイクしてると、あなたと似てるんです」

「この子が？　ちっとも似てないじゃない」

「そう思うでしょ？　しかし、人が見るとき顔を間近から見るわけじゃない。全体の印象です。この子は身長も体つきも、あなたとよく似てる。歩き方とか、顔の伏せ方を教えれば、あなたの『代理』がつとまります」

「本当に？」

「やれます」

立川は自信たっぷりに、「もっとも、あなたがもうこれ以上、恋愛騒ぎを起さないと言うのなら別ですが」

エリカは澄まして、

「恋は気まぐれよ」

と、言うと写真を立川へと返した。

5　再び、交差点

何してるんだろう、この子たち？

――沙也は原宿の駅から、若者たちで埋っている通りを歩きながら思った。

平日の午後、沙也は専門学校での授業が終ってからやって来ている。

でも、どう見ても中学生、高校生という子たちが、とても学校帰りとは思えないファッションで、ゾロゾロ歩いているのだ。

一体何をしてるんだろう、この子たち？　学校へ行ってないの？

そう考えて、ついこの春までは自分も高校生で、同じようにこの辺を歩いたこともあったと思い出し、自分で笑った。

高校を出て、まだ一年も経っていないくせに、何だか急に大人になった気分でいる。

沙也は、去年の夏、三原涼子がスカウトを待って、くり返し横断していた交差点まで来て、しばらくそこを行き来する人々を眺めていた。

もしかすると、涼子が向うから横断歩道を真直ぐ(まっすぐ)に渡って来るのではないかという気になったのである。しかし、そううまくはいかなかった。

諦め(あきら)た沙也が横断歩道の信号から離れようとしたとき、バッグの中でケータイが鳴った。

「——誰だろ？」

記憶にない番号だった。かけ間違いかもしれないが、出ないわけにもいかない。

「もしもし」

と出てみると、

「あ——沙也さん？」

いきなり男の声で名前を呼ばれて、びっくりした。

「どなたですか？」

相当にムッとした声を出していたのだろう、向うがあわてて、

「失礼。僕はあの——曽根（そね）といって」

「ソネ？」

「三原涼子の友だちです」

正に今、沙也は涼子を捜していたわけで、ちょっとびっくりした。

「涼子の……」

「涼子のお友だちですよね」

「ええ……」

「良かった。——いや、いつか涼子からあなたのことを聞いて……。ケータイの番号

と、〈沙也〉って名だけ知ってたんです」

「はあ」

若い男らしい声だ。――曽根という名は聞いたことがないが、大体ボーイフレンドの話などしていないのだから、初耳なのも当然か。

「実は、涼子がここ何日か家に帰ってないんです」

「知ってます。涼子のお母さんから電話をもらいました」

「そうですか。僕も心配で、何かできることをやろうと思ったんです。あの――ご迷惑でなかったら、会ってお話しできませんか」

沙也は少し迷ったが、曽根の話し方は誠実な印象を与えた。

「私、涼子のことが何か分らないかと思って、今表参道の辺りに来てるんです」

と、沙也は言った。

曽根は三十分ほどで、ここまで出て来られると言うので、沙也はあのパーラーで待っていることにした。

「じゃ、後ほど」

と、沙也が切ろうとすると、

「あの、すみません!」

「何でしょう?」

「姓を教えていただけます？」

「姓？——あ、小田です。小田沙也」

と言って、沙也は何となく微笑んだ。


そのパーラーに入って、沙也はあのとき涼子と一緒になった席が空いていたので、そこに腰をおろした。

「いらっしゃいませ」

と、水を持って来てくれたウエイトレス、そう、確かにあのときのウエイトレスだ。

「紅茶下さい。ミルクティー」

と、オーダーして、「あの——憶えてます？　去年の夏、ここで私、友だちとバッタリ会ったんです」

「お友だち？」

「あの信号を行ったり来たりしてた……」

「ああ！　思い出したわ」

と、肯く。「凄く暑い日だったわね」

「ええ、そうでした」

沙也は、相手が思い出してくれてホッとした。「あれから、あの子のこと、見かけました？」

「ええ、何度かね。どうして？」

「実は……」

涼子の行方が分らなくなっていると話すと、

「まあ、心配ね。――ああいう風に、スカウトされるのを待ってると、危いことに巻き込まれる可能性もあるのよね」

「最近、涼子が誰かに声かけられてるのとか見かけませんでした？」

「ええと……」

と、眉を寄せて、「――待ってね。少し考えてみる」

「すみません」

沙也は恐縮した。

もし、涼子がこの信号でスカウトされるのを待っていたとしたら、声をかけた相手とこの店に入った可能性もある、と沙也は思ったのである。

紅茶が来て、後、ひとしきり客の出入りがあった。

ゆっくりと紅茶を飲んでいると、店に入って来た若い男がいる。

あれか？――でも、まさか。

涼子の好みとは、とても思えなかった。

ブレザーにネクタイという、どうにも「当世風」でない格好をして、メガネをかけ、どこかのいいとこの坊ちゃんという感じ。

「――小田さん、ですか」

あの電話の声だった。「曽根純弥といいます」

「よろしく」

沙也は名刺をもらって、「――S大医学部？」

S大の医学部といえば、私立の中では名門の医学部である。むろん、お金もかかる。

「今、二年生です」

なるほど、勉強ばっかりして来たという感じのする人だ。

沙也にしても涼子にしても、知っている人の中に、こういうタイプはほとんどいない。

「コーヒーを」

と、曽根はオーダーした。

あのウエイトレスが、オーダーを通すと、沙也の所へ戻って来て、

「思い出したことがあるわ」

と言った。

「本当ですか！」

沙也は思わず座り直した。

「このところ、しばらく見かけなかった。でも、もちろん、私が気付かないだけで、来てたのかもしれないけど」

と、ウエイトレスは言った。「ただ、たぶん――一週間くらい前かな、この店に来たわ。男の人と二人で」

「男の人って――」

「北山っていって、この辺をウロウロしてる人なの」

「スカウトマンですか？」

「ええ。ただし――アダルトビデオのね」

わけが分らずに話を聞いていた曽根純弥はそれを聞いてびっくりした。

「涼子がそんなことを？」

「落ちついて」

と、沙也はあわててなだめると、「このウエイトレスさん、涼子のことを憶えててくれたんです」

沙也からわけを聞いて、曽根は、

「いや、大変失礼しました」

と、今度はいやにていねいに詫びる。

　秀才というのは、やはり一風変っているのかもしれない。

「——北山って男、この辺りじゃ知られてるの。一見やさしそうで、口も上手いし、『ちょっと軽そうだけど、いい人らしいわ』って思っちゃうのね、みんな」

　と、ウエイトレスは、空いた椅子を引いて来て腰をおろすと、「雑誌のモデルとか、広告の仕事とか言っといて、いざとなると、いきなりその手のビデオに出ろと言い出すのよ。女の子がいやがると、『これだけのスタッフが来てるんだ。その分の経費だって何十万もかかっているんだから、出ないとその分を払ってもらう』っておどすそうよ」

「ひどい奴ですね」

　と、沙也は言った。「涼子も、その北山に誘われて？」

「でも、あの子は断ってたわ。——なかなかしっかりした子で、北山が怪しいって分ったみたい」

「そうですか」

　沙也はそう聞いてホッとした。

「北山は、しつこく誘ってたけど、結局諦めたらしいわ。——私も仕事しながら様子をうかがってたんで、絶対確かとは言えないけど、少なくとも、ここではきっぱり断ったはず」

「何て奴だ！」

と、曽根がカッカしている。「目の前にいたら、ぶん殴ってやりたい！」

――涼子も変な人をボーイフレンドに持ったもんだわ、と沙也は思ったのだった……。

6　秘密のアルバイト

「ここを？」

と、曽根は横断歩道の前に立って言った。

「ええ」

沙也は肯いて、「ここを何度も行ったり来たりするんです。スカウトされるのを待って」

「そんなことをしてたのか……」

曽根はいやに考え込んでしまっている。信号が青になって、大勢が一斉に渡り出す。

沙也と曽根は、わきへ退いて、行き来する若い子たちを眺めていた。

「――涼子と会ったのは、医学部の教授のパーティだった」

と、曽根が言った。「僕のついていた先生が学部長になってね、そのお祝いだったんだ。パーティを盛り上げるのに、若い女の子たちがコンパニオンとして呼ばれてた。涼子はその一人だった」

「そうだったんですか」

「タレントの卵だと言ってた。TVにも時々出てるって。——何に出てるの、って訊いたけど、恥ずかしいと言って教えてくれなかった」

「それって、いつか出るようになりたい、ってことだったんですよ、きっと。涼子、見栄をはってたんでしょうね」

「そうか……。無事でいてくれるといいな」

曽根は心から心配していた。——沙也も、この一風変った「医者の卵」に、好感を抱いたのだった……。

「——あ、ごめんなさい」

沙也のケータイが鳴り出した。

しかし、曽根の方は沙也がケータイで話しているのにも全く気付かない様子で、

「そうか……。ここを渡ってたのか……」

と、くり返していた。

迷路みたいな廊下を、散々迷いながら歩き回って、やっと〈第6スタジオ〉という

文字を発見したときには、沙也はもうクタクタになっていた。

しかし、中へ入っていいものやら、分らずに迷っていると、中からドアが開いて、当の立川が出て来た。

「やあ、遅いんでどうしたのかなと思って出て来たんだ」

と〈エリカ〉のマネージャーは言った。

「すみません。迷っちゃって」

「そうか。君は初めてなんだね。ごめんよ、迎えに行ってあげれば良かった」

「いえ、でも……」

「入って。今は大丈夫」

促(うなが)されて中へ入ると、天井の高い、広い部屋で、TVカメラが何台も動き回っている。

ライトの当った明るい場所には、見たことのあるトーク番組のセットがあった。

「――今日はエリカがゲストでね」

と、立川雄一は言った。

「ここ、ちょっと長くないか?」

と、よく通る声がして、見ると、この番組の司会者がスタッフと何やら打ち合せている。

いつもＴＶで見ている顔を、すぐそばで見るのはふしぎな感じだった。

「――エリカだ」

と、立川が言った。

スターが、そこにいた。

ライトを浴びているせいだけではなく、エリカはスタジオの中でもひときわ輝いて見えた。

これが「人気」というものなのだろうか。

ＴＶの画面で見るよりずっと細身だ。

そして、スタイリストを目指す沙也にとって、エリカが歌番組などのときと全く違う、大人びたスーツを着ていることの方が面白かった。

「――こういう所は初めて？」

と、立川に訊かれて、

「はい」

「じゃ、ゆっくり見学するといい。君さえ時間があれば、だけどね」

「あります。時間だけなら、いくらでも」

沙也の言葉に、立川は愉快（ゆかい）そうに笑った。

「――でも、立川さん」

「何だい？」

「何かご用だったんでしょう？」

「ああ。――今でなくてもいい。この収録の後、ゆっくり話そう」

「はい……」

――沙也は、立川から、

「ぜひ話したいことがある。これから会えないか？」

と、電話を受けて、このＴＶ局へやって来たのだ。

一体、立川が自分にどんな話があるというのか、沙也には見当もつかなかった。

しかし、いざトーク番組の本番収録が始まると、沙也の関心はエリカと司会者とのやりとりの方へ向けられて、立川のことなど忘れてしまった……。


「――これが小田沙也君」

と、立川が言った。

スターは、ＴＶで見るときとはまるで違う眠そうな目で沙也を見て、

「あ、そう」

と言った。「ね、ビールもらって」

「一応ウーロン茶を取って下さい。僕のビールをあげますから」

と、立川は言って、沙也の方へ、「一応エリカは未成年ってことになってるからね」

「本当はもう二十歳」

と、エリカが言って、「これは内緒よ」

「はあ……」

収録がすんで、エリカと立川は中華料理店の個室で夕食をとることになった。

沙也もそれについて来ていたのである。

「――疲れた」

と、エリカが言った。「今夜はこれで終りよね」

「スターは二十四時間営業です。そう言ったでしょう」

「私だって人間よ」

「だから、沙也君に来てもらってるんじゃないですか」

沙也にはさっぱり分らない。

「立川さん……」

「まあ待って。食べながら話そう」

と、立川は言った。

味は大したものだ。――沙也にはそう高級店の味が分るわけではないが、おいしいものを「おいしい」と感じる力はある。

少し食事が進んだところで、

「沙也君。話というのはね、君にアルバイトを世話しようということなんだよ」

と、立川が言った。

「アルバイトですか……」

「やりたくないかね？」

「いえ！　やりたいです。でも――専門学校へ通っているので……」

父の収入も減って、親の助けは期待できない。いいアルバイトがあれば、正に「天の助け」である。

「じゃ、ぜひ頼みたい」

「何をするんですか？」

立川は、ちょっといたずらを楽しむ子供のような目つきになって、

「エリカの代役」

「――は？」

沙也はポカンとして、「今、何て言ったんですか」

「エリカの身代りだ。つまり、エリカが個人的な用で外出している間、君が代りをつとめる」

「そんな！」

沙也は目を丸くして、「無理ですよ！　私、ちっとも似てないし……」

「分ってるわ」

と、エリカが言った。「でもね、この人が絶対に大丈夫だって言うのよ」

沙也が呆然としていると、エリカはちょっと笑って、

「要するにマスコミ対策なの。これ、秘密よ。私、今、妻子のある人と恋愛中なの」

もう、沙也は何を聞いても驚かなかった……。

7　訓練

「私、エリカ」

と、沙也は言った。

「違う！　『私』をもっと舌足らずな感じで！」

「あたし、エリカ……」

「『エリカ』の『エ』をもっと強調して」

沙也はため息をついて、

「私は沙也よ！　エリカじゃないわ！」

と、大声で立川へ食ってかかった。

しかし、立川は少しも動じない。

「君はエリカだ。エリカなんだ。少なくとも、自分でそう信じ込むくらいでなきゃ、人の目はごまかせない」

「だって……無理よ！　私、役者じゃないんだもの」

「役者にこんなことはできないさ」

と、立川は言って笑った。

笑いごとじゃないわよ、全く！

――沙也は、じっとりと汗をかいていた。

「よし、じゃまた少し歩き方の練習をしよう」

立川がビデオテープをセットして、再生ボタンを押す。

コンサートのリハーサル風景をとったビデオが画面に出ると、会場へ入るエリカが映っている。カメラに気付いて手を振って見せ、足早に楽屋口から中へと入って行く。

「――あの歩き方、手の振り方だ。やってみよう」

と、立川は言った。

沙也はちょっと息をついて、

「どこから？」

「あのドアから入って来るんだ。いいね」

——沙也は、都心のＴＶ局に近いマンションの一室に来ていた。

ベッドやソファなど、必要最低限のものしか置いていない。立川の話では、いつも寝不足のトップアイドルが、三十分なり一時間なり、空き時間ができたとき、ここへ来て仮眠するのだそうだ。

昼寝用の部屋？　ずいぶんぜいたくな話である。

土曜日の午後、エリカ本人は今ＴＶの収録中で、呼び出された沙也は立川から、「エリカの代役」をつとめるための特訓を受けているところだった。

「はい、入って」

立川のかけ声で、沙也はドアを開けて部屋の中へ入る。とたんに立川から、

「違う！　初めに、そんな風に覗き込んでおずおず入ってくるなんて、エリカの入り方じゃない！」

と、声が飛ぶ。

「だって……」

むくれながらも、沙也は何度もくり返した。

エリカの代役をつとめると、一回三万円くれると言われたのだ。——コンビニのバイトで三万円稼ごうと思ったら何日かかるか。

沙也はそれを聞いて、

「何でもやります！」

と、言ってしまったのだが……。

「――ま、そんなとこかな」

と、立川は取りあえず「入り方」ではOKを出し、「じゃ、次はソファに座るとき。――ただストンと座るんじゃなくて、右手でソファの表面をサッと払ってから座る。エリカのくせなんだ」

「こうですか？」

「いや、もっと素早く。座る動作を止めないで、その間に素早くサッと。――うん、そんな調子だがエリカ自身は気付いてない。無意識にやってることなんだ。君も、考えずにやってる感じで」

「難しいこと言わないで下さいよ」

と、沙也は文句を言った。「こう？――ワッ！」

大げさにやったら、お尻がソファの端から滑り落ちてしまった。床に尻もちをつく。

「おいおい」

立川が笑って、「分った、少し休もう」

と、沙也の手を取って立たせると、

「君、彼氏は？」

「唐突に訊かないで下さいよ」

と、沙也は苦笑した。「今はいません」

「前はいたってことか」

「十八ですよ」

「それに可愛いしな」

「立川さんって、目が悪い？」

と、言ってやった。「あ、分った。おだてといて、賃金下げようっていうんでしょ。だめですよ！　一回三万円の約束なんですから」

「安心しろ。約束は守るよ」

立川は腕時計を見た。「もうそろそろスタジオへ行ってないとまずいな。捜して僕がいないとひどく不機嫌になる」

「何でも分ってるんですね」

「そうとも。本人の知らないことでも知ってるよ。そうでなきゃ、マネージャーはつとまらない」

立川は得意げに言った。「じゃ、今日はここまでだ。ご苦労さん」

沙也はホッとして、

「じゃ、私、これで」

と、部屋を出ようとした。

「沙也君」

と、立川が呼び止めて、「君、ケータイの電源を常に入れとけよ。いつ、どこにいても捕まるようにね」

「分りました」

——沙也はそのマンションを出て、もう大分辺りがほの暗くなっているのにびっくりした。

マンションの中では、時間の経過がよく分らない。

沙也が歩道へ出たとたん、待っていたように青白い街灯が一斉に点灯して、遠くわずかに夕陽の残光を止めている空へとのびている。

「何か食べて帰ろう」

と、沙也は呟いて、歩き出した。

それにしても、何だか妙だ。

沙也には納得できないことがいくつもある。

エリカが妻子のある男性と恋をしているから、いわば「アリバイ作り」に沙也を雇うというのは分らないこともない。

もちろん、その男と会っている本物のエリカの方が見付かってしまえば、意味はない。――果して、エリカを追いかけるカメラマンやリポーターの目をごまかせるのだろうか？

沙也はエリカの双子の姉妹というわけでないし、「そう似ていない」ことは立川も認めている。「感じが似ている」くらいで、どこまで「代役」がつとまるのだろう。

それに、歩き方や手の振り方を真似(まね)るのは分るが、ソファに座るときのくせまで、どうして覚える必要があるのか。

――何だか妙だ。

沙也は、肩をすくめて、

「私には関係ないや」

と呟いた。

こっちは言われた通りにバイトをこなして、一回三万円もらえばいい。もしばれても罪になるわけじゃないし、こっちが損することはないものね……。

そう割り切ることにして、沙也は暗くなってくる空を見上げた。

――通りすがりで入ってみた食堂の定食が意外に家庭的な味で、沙也はちょっと幸せな気分になった。

支払いをしていると、ケータイが鳴り出し、おつりをポケットへ押し込んで店を出る。

「――もしもし」

と、出てみると、

「あの……小田さん？」

「はい、小田沙也です」

「三原です」

涼子のお母さんだ。

「あ、どうも。涼子、戻りましたか？」

と、訊くと、涼子の母親が泣き出した。

沙也はいやな予感がして、

「もしもし。――大丈夫ですか？　何かあったんですか？」

と言うと、

「ごめんなさいね……。今、警察から電話で……」

「警察？」

「涼子らしい女の子が……殺されてると……」

母親の声が震えた。

「まさか！」

と、沙也は思わず言っていた。「間違いないんですか？」

「今、主人が確認に……。私、とても行く勇気がないの。もしあの子だったら……どうしたら……」

もう言葉にならず、通話は切れてしまった。

「——涼子」

最悪の事態だ。間違いならいいけど。

沙也は重苦しい気持で、自分のアパートへと帰って行ったのだった……。

8　交替

〈カラーコーディネート〉の授業が終ると、午後の三時。——今日はこれで授業はおしまいである。

「ねえねえ！　今夜パーティあるの！　行く人！」

と、教室内に声が飛び交う。

沙也は教科書をバッグへしまうと、立ち上った。

「沙也、パーティに出ない？　タダで夕ご飯食べられるよ」

クラスメートに呼び止められたが、

「ごめん。今日だめなの」

と、首を振る。「また今度ね」

廊下は、女の子たちで溢れんばかり。

もちろん、沙也だって他の子たちと遊びに行くこともある。でも、今はそんな気分じゃなかった。

それに、自宅から通って、学費も親もちという子たちとは違って、授業の後バイトして生活費を稼いでいる子たちは、おしゃべりしている間もなく、走るようにして帰って行く。

沙也は事務室の掲示を見てから、外へ出た。

雨になりそうな、どんよりと曇った日。三時なのに、もう夕方の雰囲気だ。

「――ちょっと、小田さん」

事務室の女性が追いかけて来て、「小田沙也さんよね」

「はい」

「良かった！　あのね、この人が、そこの喫茶店で待ってるって」

渡されたメモに、〈K署　高林〉とあった。

「刑事さんだって」

と、事務室の女性は声をひそめて、「何かあったの？」

「私、何もしてません。友だちが――殺されたんです。そのことだと思います」

と、沙也は言った。

「あら、そうだったの。大変ね」

「行ってみます」

——三原涼子が死体で発見されてから三日たつ。

TVのニュースで、沙也は間違いなく涼子が殺されたのだと知った。涼子の母親へ連絡しようかと思ったが、気の毒でためらっていた。

まさか、あの涼子が……。

沙也にとって、同じ年代の友だちが死ぬなんていう経験はこれが初めてである。ショックは大きかった。

——その喫茶店へ入って、中を見回す。

同じ学校の子たちも大勢いて、向うからは見分けがつかないだろう。

奥の方の席で、中年の「おじさん」が一人、居心地悪そうにしていた。——あれかな？

「高林さんですか」

と、声をかけると、

「小田サヤカ君？」

「沙也です。〈カ〉はつきません」

「ああ。ごめん。何となく〈サヤカ〉って憶えててね……。高林だ」

警察手帳を見せてくれる。――沙也は誰か知ってる子に見られたら、と気になって、

「分りました」

と急いで言った。

ココアを頼んで、沙也はバッグを空いた椅子へ置いた。

「涼子のことですか」

「うん。仲が良かったと聞いて」

「そう付合ってたわけでもないんですけど」

「ああ、そうそう。――伝えておくよ。こういう事件の場合、司法解剖の必要があるんでね。お葬式は少し先になる。はっきりしたら知らせてあげようか？」

沙也は、ちょっとびっくりした。刑事がそんなことまで言ってくれるとは思わなかったのだ。

「よろしく」

と、頭を下げた。

高林は四十歳ぐらいか。見たところ人当りのいい銀行マンみたいで、刑事というイメージではなかった。

「三原涼子君のことで、母親が君のことを話してくれてね。何か知っていることがあ

るかと……」

沙也は、去年、表参道で涼子と出会ったことを話した。

「――なるほど。スカウト待ちか。それで犯人について行ったのかもしれないね」

沙也が、あのパーラーのウエイトレスの話を伝えると、高林は喜んでメモを取った。

「北山だね？　ありがとう。そういう情報が欲しいんだよ」

「でも、涼子は断ってたようですけど」

「その北山が諦めずに涼子君を追いかけて行ったかもしれない。しかし、北山という奴の話をじっくり聞く必要はありそうだね」

高林はニコニコして、「いや、待たせてもらったかいがあったよ」

沙也は、何だか少し極まりが悪かった。これで結局何も出て来なかったら恥ずかしい。

そのとき、沙也のケータイが震えた。授業中は電源を切っていたのだが、終るとすぐ入れるようにしている。

「――ちょっと失礼します」

エリカのマネージャー、立川からだった。

沙也は店の外へ出ると、

「もしもし」

「よかった。もう学校は？」

「終ったところです」

「今夜、例のバイトが入るからね」

沙也は一瞬、どうしようかと思った。

「大丈夫でしょうか」

「やれるとも！　この間のマンション、分るね。あそこへ六時に」

「はい、分りました」

エリカの「代役」。——練習はしたが、本番はこれが初めてだ。

席へ戻ると、高林刑事は伝票を手にして、

「じゃ、僕は先に失礼するよ」

と、立ち上りかけた。

「あの——刑事さん」

「何だい？」

「涼子……新聞だと、詳しいことがよく分らなかったんですけど……。犯人は……」

聞くのは辛（つら）かったが、何も分らないのも気が重い。

「涼子君は薬をのまされて意識を失っている間に殺されたようだ。——あまり苦しまなかったと思うよ」

「そうですか……」

そう聞いても、慰(なぐさ)めにはならないが、いくらか救われた思いだった。

「――それじゃ」

「絶対に犯人を捕まえて下さいね」

と、沙也は言っていた。


「さあ、これでいい」

と、立川が言った。

鏡の中にいるのは――どう見ても沙也だった。

ヘアスタイルをエリカと同じにし、メイクも似せて、それからエリカの好みの服を着せられる。

「比較的地味な格好」

と、立川は言ったが、着てみると、やはり沙也など恥ずかしくなるような、目立つコーディネートである。

「後は、このサングラス」

と、立川が沙也に手渡す。「ＯＫ。出かけよう」

――仕度にたっぷり一時間かかった。

マンションを出ると、紺色のバンが待っている。

それに乗り込んで、走ること十分。——TV局の裏口に着いた。

立川が沙也へ、

「二十分くらいしたら、エリカが出てくる。君はこの中で待っているんだ。いいね」

「はい」

三万円、三万円。——自分にそう言い聞かせる。

立川はバンを出て、扉を閉めた。

沙也はバンの中に一人で取り残された。

どうなるんだろう?

沙也は、ここまで来たら迷っても仕方ないと、思い切り手足を伸ばした。


「お疲れさま」

立川は、収録を終えたエリカがスタジオの隅へ戻ってくると言った。

「——大丈夫?」

エリカが立川を見る。

「用意はできてます」

「じゃ、行きましょ」

二人は、スタジオを出た。

裏口にエリカのファンが待っている。それはいつものことだった。

「そのバンの手前を通るんです」

と、立川が言った。

バンが停めてある傍を二人が通り抜ける。ファンの目からは、二人の姿がバンのかげに隠れた。

立川がバンの扉を開けた。

「出て!」

全く同じ格好の沙也がバンから降り、エリカはバンの中へ。入れ替るのはほんの二、三秒。

「サングラスをかけて!」

立川は沙也を前へ押しやった。

沙也がファンの目の前へ進み出ると、歓声と口笛が湧き上った。沙也は、エリカと同じやり方で手を振って見せた。

9 仕事時間

立川の運転する車が走り出すと、沙也は後ろの座席でホッと息をついた。

「ああ、疲れた」

とたんに立川が、

「だめだ！」

と怒鳴った。「車に乗っても、どこで見られているか分らないんだぞ」

「え？　だって――」

「それはエリカの口のきき方じゃない。ちゃんと練習しただろ」

沙也はムッとしたが、今は「仕事時間」なのだ。確かに気を緩めてはいけないのかもしれない。

「ねえ、どこ行くの？　それくらい教えてくれたっていいでしょ」

と、立川へ言ってみると、

「そうそう。その調子だ。上手いじゃないか」

と、立川は笑った。「これから目立つ所へ行く」

「目立つ所？」

「エリカのお気に入りのクラブだ」

沙也は目を丸くして、

「そんなのだめだよ！　すぐばれちゃう」

「そこを試すんだ。大体君が目立たないと、代役を立てた意味がない」

そう言われてみればその通りだが……。

——今ごろエリカは、誰だか知らないが「妻子ある男」と会って楽しくやっているのだろう。

「いいね、今から行くクラブには、わざと週刊誌のカメラマンを呼んである。君は迷惑そうにそっぽを向いたり、うつむいたりしたところを撮らせる」

「そんなの、バイト料に入ってんの？」

「もちろんだ。ただ手を振るだけで三万円もらえると思ってたのか？　甘いぞ」

沙也はむくれて黙り込んだが——いつの間にやら、そのむくれ方まで、立川に仕込まれた通り、「エリカ風」にやっている自分に気付いて、沙也は、

「私って、凄く真面目なのかも」

と、思ったりした。

「堂々としているんだ。いいな」

車がクラブの前に停ると、立川は言った。

　やたら足の長い、金髪のアメリカ人らしい青年が、すぐ車へ寄って来てドアを開けてくれる。ベストに赤い蝶ネクタイ。

　こういう格好がさまになるって、羨しい、と沙也は思った。

　車から降りたとたん、

「エリカさん！」

と、声がかかって、カメラが向けられる。

　とっさに沙也は手を上げて顔を半ば隠した。

　フラッシュがまぶしく光る。続けざまに二度、三度。

「ちょっと、やめてくれ！」

　立川が、わざと遅いタイミングで間に入り、

「プライベートなんだ！」

　沙也は急いでクラブの中へと小走りに駆け込んだ。

　個室へ通されると、沙也は、

「ここ、盗聴マイクでも仕掛けられてるの？」

と、立川に訊いた。

「その心配はないよ。しかし、君はまだエリカなんだ。忘れるな」

「はいはい」

沙也はソファに腰をかけた。

「その座り方だ。いいぞ」

立川がニヤリと笑う。

沙也はギクリとした。——何も考えていなかったのに、エリカのやり方で座ってしまった。

「腹が空いたか？　何か食べたいものは？」

「あなたに任せるわ」

と、沙也は言ってから、「ね、立川さん」

「何だい？」

「私は今、エリカなんでしょ？」

「その通り」

「じゃ、あなたも、人前だけじゃなくて、二人のときも『エリカのマネージャー』でいてくれなきゃ。どう見たって、エリカの代役に対する態度よ、それ」

と、沙也は言ってやった。

それを聞いて、立川は一瞬呆気(あっけ)に取られていたが、すぐに笑って、

「こいつは一本取られたな！」

と言った。

「じゃ、ごほうびに、うんと高いもの食べさせて」

「待てよ。エリカとあんまり好みが違ってもおかしい。――よし、この近くの有名な料亭から弁当を取ってやろう。エリカがときどきやるんだ」

「それって、高いの？」

「君のバイト料と同じくらいだな」

三万円のお弁当！　沙也は目が回りそうになった。

「食べる代りに、お金じゃもらえない？」

と訊いているのは、間違いなく沙也だった……。


「――またおいで下さい」

クラブの支配人が見送りに出て来た。

「どうも」

沙也はサングラスをかけ、ニッコリ笑って肯いて見せた。

クラブに結局二時間近くいたのだが、たまたま来店していた客が、

「娘にぜひサインを」

と、支配人に頼んだとかで、沙也はついにエリカに代ってサインまでするはめにな

った。

　立川から仕込まれたことの中に、「エリカのサインを真似ること」も含まれていたので、早速役に立ったわけである。

　もっとも、立川がＯＫを出すまでに色紙は五枚もむだにした。

　しかし、その都度、支配人とも顔を合せているわけで、サングラスをかけ、奥まった場所に座っているとはいうものの、人間、思い込んでいると簡単に騙されるものだと沙也は知った。

　そして――立川のケータイにどこからか電話がかかり、沙也はクラブを出ることになったのだ。

　車がクラブの前に回されて来る。

　沙也がドアを開けてもらい、車に乗り込もうとしたときだった。

「エリカ！」

という声がして、突然一人の男が暗がりの中から駆け寄って来た。「エリカ！　待ってくれ！」

　沙也が一瞬、立ちすくむ。

「エリカ！　俺だ！　父さんだ！」

　半ば髪の白くなったその中年男は、そう叫んで車の方へと走って来たが、蝶ネクタイのクラブの男たちが素早く間に立ちはだかり、遮ってしまった。

「早く乗れ！」

と、立川が言った。

沙也はあわてて車に乗り込んだ。ドアが閉るより早く、車は走り出していた。

「エリカ！――待ってくれ！」

その男の声が、たちまち後ろへ遠ざかって行く。

沙也は思わず振り返って、その男が乱暴に突き倒されるのを見た。

「見るな」

と、立川は車を広い通りへ出し、「ちゃんと座ってろ」

「――うん」

沙也は、今になって心臓が鼓動を速めるのを感じた。

「何もなかったことにするんだ」

と、立川は言った。「いいな。誰にもしゃべるんじゃない」

「分った」

と、沙也は言った。「でも、あの人、『父さん』だって言ってた」

「世間には、おかしな奴が一杯いるんだ」

「今の人も？」

「ああ。エリカの父親は、ちゃんとした会社員だよ」

しかし、立川の反応の早さから見て、あの男を前から知っていたことは確かだと思えた。

「――ともかく、君には何の関係もない。分るね？」

それはそうだ。あのエリカが、どんな複雑な事情を抱えているとしても、沙也とは無関係なのだ。

「今夜は、エリカもマンションへ帰るそうだ。着いたという連絡が入れば、君の今日のバイトはそこで終り」

立川にそう言われて、沙也は少しホッとした。――三万円もらってもいいよね、こんなにくたびれたんだもの。

車は、沙也が着替えをしたマンションへと着いた。

部屋へ入ると、ちょうどエリカから電話が入り、立川は少し話していたが、

「――分りました。――ええ、ここにいますよ。ちょっと待って」

立川は沙也にケータイを差し出して、「エリカが話したいそうだ」

沙也は受け取って、

「もしもし」

「ご苦労様」

と、エリカが言った。「どう？　スターになった気分は」

「私がなったわけじゃ……。くたびれました」

と、正直に答える。

エリカは笑って、

「おかげでのんびりできたわ。私の彼氏の奥さんは、探偵雇って、私を尾行させてるらしいの。あなたが上手くやってくれれば、証拠をつかませずに会えるわ」

「精一杯、やってみます」

「ああ、それと——立川さん、そばで聞いてる？」

「いえ……。部屋の電話で、どこかへかけてますけど」

「そう。誘われた？」

「え？」

「立川さんの好みよ、あなた」

沙也は呆気に取られて、

「そんなこと一言も……」

「じゃ、さすがに初日は遠慮したのかな」

と、エリカは言った。「ともかく、『帰り、送ろうか』って言われたら用心しなさい」

「はあ……」

「じゃ、またよろしくね」

エリカはそう言って欠伸をしているようだった。そして、翌日――。

10　刃物

沙也は授業中、大欠伸を連発して、講師の女性からにらまれてしまった。

「――ゆうべは、よっぽど遅くまで彼氏と頑張ってたのね」

などと、同じクラスの子からからかわれる始末。

「アルバイトしてたのよ」

と言い返したが、何のアルバイトかは言うわけにいかない。

ま、何とでも言え。――結局開き直っている沙也だった。

昼休みの後の授業は休講。

これ幸い、と沙也は休憩室で居眠りしていた。椅子にかけたまま、ウトウトするのは誠に気持のいいものである。

「――君」

と、肩を揺さぶられて、やっと目を覚ますと、スーツ姿の男性が立っている。

「はい……」

と、目をこすりながら、「何ですか?」

舌が回らなくて、「なんれすか?」になってしまう。

「小田沙也君だね?」

普通のサラリーマンにしては少し派手なスーツだったが、今どきこれくらいの人も珍しくない。

「はい、そうですけど」

「あのね、ちょっと事務の人が来てほしいと言ってるんだ。授業料のことでね」

「授業料? ちゃんと払ってますけど」

「分ってる。ただ、二、三確かめたいことがあるんでね」

せかされて、わけが分らない間に沙也は廊下へ出た。

「こっちへ来て」

授業中なので、廊下は静かで人影がない。

「あの――どこへ?」

事務室と逆の方向だと気付いたときは、その男に腕を取られ、非常口から校舎の建物の裏手へと引っ張り出されていた。

「何するんですか!」

と、沙也が男の手を振り離すと、

「静かにしろ」

人当りのいい、穏やかな笑顔は消えて、男の手には刃渡り十数センチもあるナイフが握られていた。

「あの——」

「俺は北山というんだ。知ってるだろ」

北山。——北山、北山。

誰だっけ。

「どなたですか？」

と、沙也は訊いていた。

「とぼけるな！　お前の友だちをスカウトしようとしたのが俺だよ」

「あ……」

殺された三原涼子に声をかけていたスカウトマンだ！

「思い出したか」

「あの……何かご用ですか？」

沙也の声が震えた。

何といっても、目の前にナイフの鋭い切っ先が光っているのだ。

「用ですか、だと？　ふざけるな！　俺のことを人殺しだと言っといて」

「人殺し？」

「刑事にそう言ったそうだな」

「言いませんよ、そんなこと！」

沙也はあわてて首を振った。「ただ、涼子に声をかけてたって……」

「ああ、確かにあの殺された娘に声はかけたさ」

と、北山は言った。「しかしな、俺はそれが商売なんだ。一日に何十人も声をかける。いちいちその女の子たちを殺すと思うか」

「あの……何か誤解なさってるんじゃ。私、あなたが殺したなんて、一言も言ってませんけど」

ビルの裏手、人は通らない。

真昼間とはいえ、大声を上げても、誰も駆けつけてはくれまい。

「じゃ、どうして刑事が俺のことを犯人扱いするんだ？」

「それは……知りません。私、刑事じゃないもの」

「言い逃れしようたって、そうはいかねえぞ。俺に罪を着せて、お前にどんな得があるんだ？」

「得なんて……」

「そうか」

と、北山は肯いて、「お前がやったんだな？　あの娘と、大方男でも取り合ったんだろう。挙句にあの娘を殺して、俺に罪をなすりつけようと……」

「冗談じゃない！　勝手なことを言わないで！」

カッとなった沙也は、ナイフの怖さも忘れて食ってかかった。「大事な友だちを殺されて、悔しい思いしてるのが分らないの？　私は本当の犯人が知りたいのよ！」

北山は、沙也の剣幕に、ちょっと面食らっていたが、

「――悪かった」

と、ナイフを納めて、「しかしな、俺だって、やってないんだ。それなのに、刑事は俺をいい加減な罪でしょっ引きやがって。頭にも来るぜ」

北山は苦々しげにため息をついた。

――北山は三十代の半ばというところか、女の子をスカウトするという商売らしく、お洒落で、見たところ優しそうだ。

「どうして私の名前が分ったんですか？」

と、沙也は訊いた。

「刑事が教えてくれたぜ。お前が俺のことを犯人だと言っている、ってな」

沙也は唖然とした。あの刑事！　確か、高林とか言ったっけ。勝手に話をでっち上

げるな!

北山は、ふてくされた表情で沙也を見ていたが、

「お前も嘘(うそ)はついていないようだな」

と言った。

「——聞かせて」

と、沙也は言った。

「何をだ」

「涼子と何を話したの?」

北山は軽く肩をすくめて、

「仕事のことだけさ。——あの子は頭のいい子だった。俺が、モデルやグラビアの仕事をしないかと持ちかけても、すぐには飛びついて来なかった」

「あの交差点の近くのお店で話したんでしょ?」

「よく知ってるな。——あの娘は、仕事の細かいとこまで確かめてくる。話してる内、こいつは騙(だま)せないな、と思って、本音を打ち明けた」

「ビデオ出演のことね」

「うん。——それを聞くと、即座に『お断りします』と言った」

「そのまま別れたんですか?」

「──うん」

北山が答えるまで、少し間があった。

「嘘つかないで」

「何だと？」

「本当は、その後に涼子と会ったのね。そうでしょう？」

北山が答える前に、校舎のビルから食堂のおばさんが白い上っぱり姿で出て来た。

北山はそれを機に、

「またな」

と、足早に立ち去ってしまった。

──沙也は、今になってナイフを突きつけられたときの怖さが身にしみて、改めて青くなったのだった……。

11　割り切れない思い

「ひどいじゃないですか！」

沙也は、かみつきそうな勢いで言った。

もちろん、実際は電話だから、かみつくわけにはいかないのである。

「まあ、そう怒らないで」

と、相手——高林刑事はちっとも気にしていない様子。「これも、犯人を見付ける手なんだよ。君も、友だちを殺した犯人を早く捕まえたいだろ?」

「それはそうですけど……」

「で、北山は何か言ってたかね?」

「涼子を殺したのは自分じゃない、って。とても怒ってました」

「そりゃ誰でもそう言うさ」

沙也は、高林刑事に文句を言ってやろうと、学校の玄関にある公衆電話からかけていたのである。

「でも、私は北山が犯人だなんて言ってませんよ」

「それは言葉の綾というものさ。分るかね? あんな奴に、『女の子を殺したのか』と訊いても、証拠を突きつけない限り、白状しない。だから、誰それがこう言ってるぞ、と言ってやる。カッとなってポロッと重大なことをしゃべったりするんだよ」

そんなものか。——でも、沙也はどうもスッキリしない気分である。

「北山は君に何かしたか?」

と、高林は訊いた。

「何か、って?」

「殴ったとか、胸ぐらをつかんだとか、刃物を突きつけたとか」

ナイフを突きつけられたことは、話していなかった。

「それは——」

と言いかけた沙也は、ふと黙ってしまった。

「どうした？」

「いえ……。そういうことは特にありませんでした」

と、沙也は言った。

「そうか。——もし、また北山が何か言って来るようだったら、連絡してくれ。すぐに駆けつけるから」

「お願いします」

と、沙也は言って、「あの——涼子のお葬式、いつになるでしょう？」

「ああ、それはちゃんと知らせてあげる。たぶん、三、四日の内だと思うがね」

「よろしく」

沙也は受話器を置いた。

もう、授業が始まる。——足早に教室に入る。

席について、教科書を開いたものの、一向に集中できなかった。

あの刑事に、北山からナイフを突きつけられたことを話すべきだったのだろうか？

沙也は北山をかばったわけではない。結果としてはそうでも、そんなつもりはなかったのだ。

高林が、北山に沙也のことを教えたことは間違いない。でなければ、北山がこんな所までやって来るはずがないからだ。

北山が、今日ここへ来たのは、何の証拠もなくて、留置することもできなかったからだろう。いくら「怪しい」と思っても、北山を帰す他なかったのだ。

高林は、北山に沙也が彼を犯人だと言ったと吹き込み、怒った北山が沙也をおどしに来るように仕向けた。そして、沙也に暴力を振ったり、刃物を振り回したりすれば、それを理由に北山を逮捕するつもりだったのだ。

電話で、沙也に「北山が何かしたか?」と訊いた高林の口調。――沙也はその高林の気持を見抜いた。

確かに、涼子を殺した犯人は早く見付けたい。北山のようなタイプの男は好きでない。

しかし、それと、北山が犯人かどうかということとは別だ。

沙也は、高林が沙也を危険な目にあわせることで、北山を逮捕しようとしたのが、許せなかった。

怖い思いをしたからではない。涼子を殺した犯人を見付けるのなら、正当なやり方で、堂々と逮捕してほしかったのである。

——北山のあの怒り方。

沙也には、北山が涼子を殺したとは思えなかった。

講師の先生が大分遅れて来て、沙也は助かった。気持を落ちつけるのに、時間が必要だったのだ。


「——あ」

校舎を出た沙也は、思いがけない顔を見て足を止めた。

「やあ」

何だかボーッとした感じで突っ立っているのは、涼子が付合っていたという「医者の卵」、曽根だった。

「どうも……」

この前会ったときは、まだ涼子の生死は分っていなかった。

「ごめんね、突然やって来て」

と、曽根は言った。

「いえ……」

「ちょっと——いいかな」

「ええ」

曽根は相変らずブレザーにチェックのネクタイという格好。

一緒に校舎を出た友人に、

「ごめん、ちょっとここで」

と声をかけると、

「うん。——あれ、どなた？」

と、小声で訊き返された。

「友だちの彼氏」

「ふーん」

女の子同士、見る目は厳しい。「あんまり垢抜けてないわね」

曽根は車を取りに行っていた。

「学生さんなの。医学部の」

「医学部？」

そう訊いて、目つきが少し変った。

そして、沙也の前に、真赤なスポーツカーが停ったのを見て、友人の評価は急上昇
したらしい。

沙也が助手席に乗って、車が動き出すと、

「行ってらっしゃい！」

などと手を振ってくれる友人だった……。

「——最悪の事態になっちゃったね」

と、曽根は言った。

「ええ」

「本当に残念だ」

曽根は首を振って、「すまないけど、彼女の家へ一緒に行ってくれないかな」

「涼子の家へですか？」

「うん。——今さらどうにもならないけど、彼女の育った家を、一度この目で見たいんだ」

曽根の言葉に、沙也は胸が熱くなった。

「分りました」

と、沙也は肯いて、「でも、突然行っても……。連絡してみます」

「頼むよ。ありがとう」

と、曽根はホッとした様子で言った。

「——わざわざどうも」

涼子の母親は、急に老け込んで見えた。

いや、沙也も、ずいぶん長く会っていないが、それでも沙也の母とそう違わない年齢のはずだ。

しかし今は、十歳以上も老けて見える。

「もう少し、お付合いする時間があれば、涼子さんを守ることもできたのに、と思うと残念です」

と、曽根は頭を下げた。

「ありがとうございます……。あの子も、タレントになりたいなんて思わなければ、こんなことには……」

母親の声は震えていた。

沙也は、傍で口をつぐんでいた。――余計なことは言わない方がいい、と思ったのだ。

「涼子さんは、僕のことを何か話していませんでしたか」

と、曽根が訊いた。

「いいえ、一向に。――親には何も言ってくれない子だったんです。沙也ちゃん、何か……」

「いいえ、私も全然」

　と、沙也は首を振った。

「そうですか……」

「ねえ、こんなにいい方とお付合いしていたのなら、そう言ってくれれば良かったのに……」

　曽根は帰りかけて、

「——一つ、お願いがあるんですが」

　と言った。

「何でしょう？」

「涼子さんの部屋を見せていただけませんか？」

「ええ、どうぞ」

　涼子の部屋は、沙也もぼんやりと憶えていた。

「——ここですか」

　曽根は、女の子らしい飾りつけの部屋の中を見回した。そして、振り向くと、

「もしよかったら……五分間、ここで僕を一人にして下さいませんか」

　と頼んだ。

「ええ、分りました」

　沙也は、涼子の母親と二人で廊下へ出て、ドアを閉めた。

「沙也ちゃんは、あんなことにならないように気を付けてね」

「はい」

沙也は肯いて、「あの――涼子、いつここへ？」

「戻ってくる日？　さあ、まだはっきりとは……。刃物の傷が、顔についていないので、まだ幸いだわ」

「刃物の傷……」

「警察の話じゃ、鋭いナイフか、メスみたいなものですって。ほとんど痛みは感じなかったろうって。――でも死んだ人間の痛みなんて、訊けないものね」

寂しげに言って、母親は涙を拭(ぬぐ)った……。

12　事故

「うん、今日は休むから。――よろしくね」

沙也は、ケータイで友人にそう言って、通話を切った。

「これでいいかな……」

鏡の前に立つ。

黒のスーツ。――まさか、友だちのお葬式で、こんなものを着るとは思わなかった。

「もう行ったら？」

と、母の雅代が顔を出した。

「うん。おかしくない？」

「大丈夫よ、靴もちゃんと黒でね」

「分ってる」

「お香典の袋は？」

「持ってるわ」

涼子のお葬式は、曽根と一緒に三原家を訪ねた四日後のことだった。

沙也も、一人暮しでは黒のスーツは持っていない。こうして家から出ることにした。

「――じゃ、行って来ます」

と、沙也は家を出た。

明るく晴れている。風は出ていたが、そう強くなかった。

お通夜には行けなかったが、今日、告別式には曽根も来ることになっていた。

バスを待っていると、バッグでケータイが鳴った。

「――はい」

と出てみると、

「あ、曽根だけど」

「ああ。——今、家を出たとこです」

と、沙也は言った。「曽根さんは？」

「うん……。実はね……」

「え？」

「実は、研究室で急な用事ができてね。どうしても出られなくなっちゃったんだ」

「あら。——でも仕方ないですね」

「ごめんね、行けなくて」

「いえ、私は別に……」

——正直なところ、曽根と今日会えるだろうと思って、いけないことかもしれないが、いくらかは楽しみにしてもいたのである。

「ごめん、改めて、お線香を上げに行くと、お母さんに言ってくれ」

「分りました。伝えます」

バスが来た。——沙也はケータイをしまって、空を見上げた。

お昼少し前。

中途半端な時刻で、バスも空いていた。

座って息をつくと、またケータイが鳴り出した。

車内の人に気がねしながら出たのは、エリカのマネージャー、立川からだったからだ。

「——今日、夕方マンションに来てくれ」

と、立川は言った。

「分りました」

「五時までに。少し待ってもらうが、遅れるよりいい」

「はい」

アルバイトだ。

五時にマンションなら、一旦家へ帰ってから出直せる。

沙也は、ケータイの電源を切った。

もし、涼子のお葬式の席で鳴り出したりしたら大変だ。

沙也は、窓の外の風景を眺めていた。

——その後、あの北山も何も言って来ないし、高林刑事からも連絡がない。

今日のことも、涼子の母親が知らせてくれたのである。

でも……早く犯人が捕まってくれないかしら。

沙也自身、あの北山から突きつけられたナイフを思い出すと、ゾッとする。

高林はまだ北山を追っているのだろうか。

「——ありがとう、沙也ちゃん」

涼子の母親が頭を下げる。

「いえ……。じゃ、また来ます」

沙也は、三原家を出て腕時計を見た。

四時を少し回っている。

一旦帰っている余裕はない。沙也は直接あのマンションへ行くことにした。

バッグからケータイを出して、電源を入れると、留守電が入っていた。

「——立川だ。大至急連絡してくれ！」

ひどく切羽詰った声を出している。

何ごとだろう？

足を止め、立川のケータイへかけると、

「——君、今どこだ？」

立川の声が飛び出して来た。

「外です」

「電源を切るなと言っといただろう！」

と、立川が苛々と言った。

「お葬式だったんです」

ムッとして言い返すと、

「そうか。――今すぐマンションへ来てくれ」

「どうしたんですか？」

「いいから。事情は来てから話す。タクシーを使っていい。代金は払うから」

「はい」

何をあわててるんだろう？

沙也はちょうど通りかかった空車を、あわてて停(と)めた。

二十分ほどでマンションに着く。

エレベーターを降りると、すぐドアが開いて、立川が出て来た。

「これでも急いで――」

「入れ」

と、立川に押されて、引っくり返りそうになる。

「香の匂(にお)いがするな」

と、立川が言った。

「仕方ないでしょ」

「その黒のスーツを脱いで。――ベッドの上に、着る物が広げてある。それに着替えてくれ」

「はい」

逆らわないで、さっさと動く。それが結局楽なのである。

バイトと割り切れば……。

「——何これ？」

ベッドルームに入った沙也は、ステージ衣裳みたいな派手なドレスを見て目を丸くした。

ドレスから着替える間もなく、彼氏のもとへ、か。——こっちはどうでもいいけどね。

沙也は、黒のスーツを脱いだ。

手早く着替えて出て行くと、

「OK、出かける」

と、立川はせかした。

「メイクと髪は？」

「後だ。話は車の中で」

立川に手を引っ張られて、沙也は危うく転びそうになった。

立川の車の後部座席で、沙也は息をついた。

「——事故があった」

と、立川は言った。

「え？」

「TVのリハーサルをしていて、エリカは階段から落ちたんだ」

と、立川は言った。

「大丈夫なんですか？」

「様子を見てる。――今は痛み止めを射っているがね」

「でも……」

「どうしても出られなかったら、君が出るんだ」

沙也は仰天した。

「そんな……。無茶ですよ！」

「ともかく、エリカがけがしたことは絶対に秘密！　いいね」

「はい……」

沙也はそう答えて、「――とんでもないことになっちゃった」

と、呟いたのだった……。

13　良心の問題

　車がTV局に近付くと、立川は、

「おい、座席に僕のコートが丸めて置いてあるだろ」

と、沙也へ声をかけた。

「ええ、このクシャクシャの……」

「クシャクシャは余計だ！　イギリス製で高いんだぞ」

「すみません」

「座席に横になって、そのコートをかぶれ」

「え？」

「早くしろ！　できるだけ小さくなれよ。人間だと分らないように」

　無茶言うな、って！

　沙也は、「これもアルバイト」と自分へ言い聞かせ、言われた通りに座席に寝て、できるだけ手足を縮め、小さくなった。

　しかし、小さな子供じゃあるまいし、頭までスッポリかぶると足が出るし、足を隠すと頭が出る。

「隠れませんよ、どうやっても」

「困ったな！　君、忍術でも知らないのか」

「真面目ですか？」

「ともかく、息を止めてろ。この駐車場の入口をうまく通ればいいんだ」

レントゲン写真をとるわけじゃあるまいし、「息を止めて」はないでしょ！

車は、局の駐車場へと入って行く。

「――やあ、立川さん」

と、声がした。「エリカちゃんは？」

「今日は先に入ってるんだ」

「そうか。――どうぞ」

「ありがとう」

駐車場の係の人らしい。じっと息を殺している沙也のことには気付かないようだ。

一旦停っていた車がまた動き出すと、

「あ、ちょっと！」

と呼び止められ、沙也は「見咎められたか」と覚悟した。

「ね。立川さん、今度、急がないんだけど、エリカちゃんのサイン、もらってくれないか」

「いいよ、そんなことぐらい」

立川もホッとしている。

「悪いね。甥っ子がエリカちゃんの大ファンで」

怪しい。甥のせいにして、本当は自分がファンなのじゃない？

ともかく車がまた走り出したので、沙也はやっと息をついた。

少しして車が停ると、

「ＯＫ。顔を出していいよ」

と、立川の声がした。

「ああ、くたびれた」

「何もしない内から、くたびれないでくれ」

車から出て、沙也はキョトンとすると、

「ここ、どこ？」

「荷物の搬入口だ」

「私、荷物なの？」

「人目につくとまずいんだ。さ、こっちだ」

殺風景で人気のない出入口である。そこから、また荷物用のエレベーターで上へ。

「こっちだ」

立川に腕を取られ、廊下を右へ左へ、迷子どころか、自分がどこをどう通ったのか、沙也には見当もつかなかった。

ともかく「誰にも会わずに」という立川の狙い（ねら）は何とか達成された。

ドアを開けると、ソファに寝ていたエリカがパッと起き上った。

「大丈夫だ。誰にも見られていない」

と、立川は言ったが、

「私を一人で放っといて！　ここで私が襲われたら、どうするのよ！」

と、エリカはヒステリックな声を上げた。

沙也と全く同じ衣裳（いしょう）を着ているが、左の足首を湿布している。

「襲われたら、って……。事故じゃないんですか？」

と、沙也は言った。

「事故だよ。足を踏み外したんだ。階段のところで」

「違うわ！　誰かに後ろから押されたのよ！」

「しかし、居合せたスタッフは誰もそんな人間を見てないんだよ」

「あそこはライトが当ってなくて暗かったから、気が付かなかったのよ」

「考え過ぎだよ。——まだ痛む？」

「立ってるだけなら何とか我慢できるけど、歩くのは無理よ」

「じゃ、階段を下りるのはとてもだめだな……」

「また転げ落ちてもいいの？」

沙也は、ただ呆然（ぼうぜん）としているだけだった。

「――。小田君に、代りをやってもらおう。それしかない」

「でも……どうやって？」

と、沙也は言った。

突然、エリカが沙也の手を握りしめると、

「用心してね！　まだどこかに隠れてるかもしれないわ」

どう見ても真剣だ。

「一体誰がそんなこと……」

「分ってるの。――分ってるのよ」

エリカが怖い目つきで言った。

「少し落ちつけ。何か飲むか？　僕はプロデューサーと話してくる。沙也君、君、ここにいてくれ」

「はあ……」

やれやれ……。

沙也は鏡を覗（のぞ）いて、

「髪もメイクもしてない。——こんなに違ってて、TVに映ったらすぐばれちゃう」

と言った。

しかし、エリカは沙也の言うことなど全く聞いていない様子で、

「ねえ、沙也ちゃん」

「はい」

「あなた、恋人、いる？」

「今は……特にこれって人はいません」

「そう。——恋をするときは、よく考えてね」

沙也は、エリカが怯えているのだと思った。

「エリカさん……。誰がやったんですか？」

エリカは沙也の方を見ず、目を床のカーペットへ落して、

「彼の奥さんよ」

と言った。

それなら分る。——事実かどうかはともかく、エリカが「襲われた」と信じているのも。

しかし、沙也がどう言ってやるわけにもいかない。

エリカは、まるで目の前にその「彼の奥さん」がいるかのような険しい目つきにな

って、

「そんなに他の女にとられたくなかったら、もっと旦那を大事にすりゃいいのよ！　そうでしょ？」

沙也は訊かれても何とも答えられず、

「はあ……」

と、曖昧に肯いただけだった。

少しして、立川が戻って来ると、

「よし、打合せはすんだ。歌番組だが、エリカだけはスケジュールの都合で別撮りだ。今の内にやってしまおう」

「私、歩けない」

と、エリカが口を尖らす。

「僕がおぶって行くよ。沙也君、先にヘアメイクだ。ここを出て真直ぐ行くと、スタッフが待機してる」

「はい」

沙也は、その小部屋を出られるだけでも救われた思いで、ホッとした。――エリカのそばにいると、息が詰りそうだったのだ。

「――階段を下りて来て！――よし、そこで止る！」

ガランとしたスタジオにディレクターの声が響く。

立派な階段のセットができていて、エリカはそこをゆっくりと下りてくることになっていた。沙也がその代役をつとめるわけだ。ディレクターが説明する。

「下りてくる足のアップから始まって、カメラが上半身をとるときには、後ろ姿になってる。分るね」

「はい」

「歌が始まると、エリカのバストの絵に切り換わる。君はすぐにセットから笑う」

「――は？」

「ごめん！『笑う』って、邪魔なものをどかすときに言うんだ」

「はあ……」

どうせ私は邪魔者なのね、などと沙也は思ったが、もちろんバイトの身である。文句はない。

「歌は口パクだ。エリカ、歌詞、大丈夫か？」

と、立川は訊いた。

「たぶん」

と、エリカは自信なさげ。

「分った。用意するから」

憶(おぼ)えていたとしても、今のエリカは動揺している。

ともかく、セットの上へは若いＡＤが三人がかりでエリカをかつぎ上げる。エリカは歌の間だけ、足首の痛みをこらえて立っていればいいわけである。

「ＯＫ、始めるぞ！」

と、ディレクターが怒鳴る声がスタジオの中に響いた。

沙也も、エリカと同じ衣裳、同じ髪型である。顔はどうせ出ないからいいと思うのだが、一応メイクされていた。

エリカの方をそっと見ると、メイクをしていても青ざめている。

やはり、事実がどうだったのかはともかく、「人の夫を奪っている」という気持がどこかにあるので、怯えているのだろう。

それだけエリカも真剣なのかもしれないが……。

「沙也君。階段の上に！」

と、声がかかって、

「はい！」

あわてて沙也はセットの上に上ったのだった。

14　父倒れる

モニターの画面に、階段を下りてくる足が出る。

え？——私って、こんなに足、太かった？　沙也はショックを受けた。

「これじゃ分っちゃいますよ」

と、沙也は言った。「もう少し足の細い人でないと」

「大丈夫。誰も別人の足だなんて思わないよ」

と、立川は言った。「落ちついてる。いいぞ」

再生の絵をモニターで見ているのだ。

階段を下り切ると、カメラはグルッと回り込んで沙也の後ろ姿を捉える。

マイクを右手に、沙也が進んで行くと、ちょうどイントロが終り、画面にエリカの胸から上の絵が出て、マイクを口もとに、少しぎこちない笑みを浮かべたエリカが歌い出す。

沙也の方は、歌うエリカのバックに映ってしまってはいけないので、体をかがめ、頭を低くして、急いでセットから下りる。

「——OK。問題ない」

と言われて、沙也もホッとした。

「早い出番の子は、もうそろそろ来る。我々は帰ろう」

立川にポンと肩を叩かれ、「よくやった」

と、沙也はほめられた。

「でも、また出るときはコートかぶってるんでしょ」

と、沙也は言ってやった。


「さあ、今日の三万円」

と、立川から現金をもらって、自分の服に着替えた沙也は、

「確かに」

と、財布へしまった。「じゃ、私、これで」

「うん。今日は無理を言って悪かったね」

立川が珍しく下手に出ている。「エリカもよくお礼を言っといてくれって」

「仕事ですもの」

と、沙也は玄関へ出て靴をはいた。

「――沙也君、どうだい？　ちょっとどこかで飲んで帰らないか」

と、立川が言った。「ちゃんと送るよ」

エリカに注意されていたことを思い出した。

――帰りに送ろうかって言われたら気を付けて。

「私、勉強があるんで」

と、沙也は言った。

「そうか。――無理にとは言わないよ」

立川は別に気を悪くした様子もない。「じゃ、また連絡する」

「はい、それじゃ失礼します」

マンションを出て、ちょっと足を止めると、

「――たまには付合ってもいいかな」

と呟く。

でも、お酒はまだ弱い沙也だ。酔わされて一人暮しのアパートへ送ってもらって……。

もちろん――相手は芸能界で、可愛い子をいくらも見ている。沙也みたいな垢抜けない女の子など、本気で付合う気はないだろうが。

でも、エリカが、「あなたは立川の好み」と言っていた。

「危い、危い」

沙也は、バイトはバイトと割り切ることにした。立川ともエリカとも、必要以上に

親しくならないことだ。

「お腹空いた！」

考えてみれば、夕ご飯抜きだ。

沙也は、目についたファミレスへと足を向けた。――足が太い、なんて気にしていたことは、すっかり忘れて、

「デザートも食べるぞ！」

と勢い込んでいる沙也だった。


「あ、これー」

と、沙也は思わずＴＶの画面を指さしていた。

「どうしたの？」

母親の雅代がキョトンとしている。

「エリカだろ。それがどうかした？」

と、弟の和人。

――沙也が土曜日の夜、家へ帰って夕飯をとっているとき、ＴＶの画面に、偶然あの場面が出たのである。

これ、私の足なの！　この後ろ姿、私なのよ！

そう言いたいのを、ぐっとこらえる。

「何でもない」

と、沙也は煮もののジャガイモをつまんだ。

「――変な子ね」

「お姉ちゃんはいつだって変だ」

「何よ」

沙也はテーブルの下で弟の足をけとばした。

「いてえなあ！」

「生意気言うからでしょ」

と、やり合っていると、電話が鳴った。

「――お父さんよ、きっと。沙也、出てくれる？」

「うん」

沙也が立って行って受話器を取る。「――はい、小田です。――はい、そうです」

沙也の顔からサッと血の気がひいた。

「あの――ちょっと待って下さい！――お母さん！」

声の調子で、ただごとでないと察した雅代が飛んで来る。

「お父さんが血を吐いて倒れたって！」

沙也の言葉に、雅代も立ちすくんだが、すぐに受話器を受け取ると、

「――もしもし、小田の家内でございますが。――はい、分りました。――それで病院はどちらでしょう？」

沙也は、食卓へ戻ってお茶を飲んだ。

「――父さん、死ぬの？」

と、和人が言った。

「まさか」

と、沙也は強く否定した。

無理を重ねて具合の良くなかった父に、人間ドックを受けさせよう、と話しながら、つい先延ばししていた。

沙也は悔んだ。――早く見付けてあげておけば良かった。

「はい、すぐ参ります！」

雅代は電話を切ると、「――お父さん、救急車で運ばれたって」

さすがに親というものは落ちついている。

「二人とも、ちゃんとご飯は食べて。片付けといてくれる？　お母さん、病院へ行くわ」

「どこの病院？」

「それがね、会社の人の話じゃ、いい病院じゃないって。早くよそへ移した方がいいですって言われたわ」

「へえ……」

「でも、大病院に知り合いなんていないものね……。ともかく行ってみるわ」

沙也は、

「一緒に行く」

と言った。「和人、後、頼むね」

さすがに、こんなときは和人も文句を言わない。

仕度をして、沙也は、ふと考えた。

入院するにしても、長くなるとしたら、いい病院で診せたい。

沙也は、母が仕度している間にケータイで立川へとかけた。

つながるかしら？――大丈夫だ。

「はい、立川」

バックがいやににぎやかだ。

「あ、小田沙也です」

「やあ、この間はご苦労さん。今夜放送してるはずだ」

「見ました」

と、沙也は言って、「すいません、お願いがあって」

「何だい？　今、六本木なんだ。出て来ない？」

「父が倒れたんです」

少し間があって、

「それは大変だね」

「どこかいい病院をご存知ありませんか」

と、沙也は訊いていた。

父を一刻も早く、いい病院へ連れて行きたかったのだ。

15　借り

事情を聞くと、

「分った」

と立川は言った。

話している間に、どこか静かな場所へ出たのだろう。いつの間にかバックの騒がしさは消えている。

「こんなことお願いして申しわけないんですけど……」

と、沙也は言った。

「そんなことないさ。緊急の場合だ、どんなつてでも利用しなきゃ。少し待ってくれ。土曜日の夜だからね。連絡がつくかどうか……。こっちからかけるよ」

「お願いします！」

受話器を耳に当てたまま、沙也は頭を下げた。

「あ、今はどこの病院にいるって？」

「待って下さい」

沙也は母のメモした名前を読んだ。

「分った。じゃ、君もケータイを持っててくれ」

「はい」

仕度を終えた母が出てくると、沙也は急いで玄関へと出て行った。


タクシーで、言われた通りの道を行ったものの、なかなか病院は見付からず、結局、沙也がケータイで直接病院へかけて訊いたりしたので、着いたのは大分遅くなった。

確かに、古びて暗くて、何だか頼りになりそうにない病院だ。

建物だけでなく、応対してくれる事務の人や看護婦もいやに突っけんどんで、沙也など腹が立って、よほどケンカでも売ってやろうかと思ったほど。

でも、父が運び込まれているのだ。今は我慢するしかない。

「先生がみえるので、少しお待ち下さい」

と言われたきり、三十分以上も放っておかれた。

「お父さん、大丈夫かな」

沙也は言っても仕方ないと分っていても、何か言わずにいられなかった。

——立川がどこかいい病院を見付けてくれるかどうか。

正直、あまり期待するのも間違いだろう。これがエリカの父親とでもいうのならともかく、沙也はただのアルバイトに過ぎない。

そんなことまで、とても手が回るまい。

「まだ、和人は十五歳だしね」

と、母、雅代がため息をつく。「お父さんがずっと寝込んだら……」

「分らない内から、心配しないで」

と、沙也は言った。「何かあれば、私が働くから。ね?」

「ありがとう」

母に礼を言われたことなどないので、沙也はちょっとジンと来てしまった。

「——小田さんの家の方?」

と、眠そうな顔の医師が、ヨレヨレの白衣姿でやって来る。

「そうです」

と、雅代が立ち上って、「主人がお世話になって……」

「ま、今は吐血も止ってます。とりあえず入院して、明日は日曜だから、月曜日に検査しましょう」

雑な言い方に沙也はムッとしたが、じっとこらえる。すると、

「先生、お電話が」

と、看護婦が呼びに来た。

「あ、彼女だな、きっと。ちょっと失礼」

と、スタスタ行ってしまう医師を見て、

「どこかへ移そうよ」

と、沙也が言った。

「でも、いい病院はお金もかかるし……」

そこへ、

「沙也君！」

びっくりして振り向いた。立川がやって来たのだ。

「立川さん！　わざわざ……」

「直接来た方が早い」

と、立川は微笑んで、「担当の医者は？」

「あの――今、電話とか……」

母がポカンとしている。立川はスーツにネクタイ姿ではあるが、やはり普通のサラリーマンとは雰囲気が違う。

「あ、母です。――こちら立川さん。私のバイト先の……」

「ご心配ですね」

と、立川は言って、「今、手配をしていますから」

「はあ……」

事情を母に説明している余裕はなかった。

あの医師が怒った顔で戻ってくると、

「K大病院を知ってるのなら、そう言ってくれればいいのに」

「あの……」

「今、病院車が来ます。ま、お大事に」

と、サッサと行ってしまう。

ともかくわけが分らない雅代は、一人でオロオロするばかりだった……。

「――やあ」

当直の医師は若いが、いかにも優秀そうな穏やかな印象だった。

「先生、いつもどうも」

立川が、その医師と話し込んでいる間にも、看護婦が父親をストレッチャーで運んで行く。

——都内でも有数の大病院の一つだ。

しかも、父を運び込んだとき、すっかり受け入れる態勢ができていて、すぐ応急処置にかかってくれた。

廊下の長椅子にかけて、

「沙也、あの方、どういう方なの？」

と、母に訊かれ、

「うん……。芸能プロの人。ほら、学校にね、講師で来てるの。スタイリストって、芸能界とも関係があるから」

「そう……。でも、個人的に知ってるの？」

「まあ……ね」

詳しく話さない内に、立川が来て、その若い医師を紹介してくれる。

「入院に必要なものなど、説明しますから」

と、看護婦が母を連れて行った。

「――立川さん、ありがとう」

と、沙也は頭を下げた。「何てお礼を申し上げていいか」

「役に立てて良かったよ」

立川は沙也の肩を軽く叩いて、「じゃ、僕は六本木へ戻るから」

「はい」

「今度、一杯付合ってくれよ。それじゃ」

エレベーターまで送りに行って、沙也は、

「この次は断れないな」

と呟いた。

でも――飲みに行くだけならともかく、その後も付合えと言われたら、どうしよう？

こんなに世話になっておいて、はねつけられるだろうか？

でも、これはこれだ。――今から心配してもしょうがない。

沙也は肩をすくめて、母の方へと戻って行った。

明るく清潔な建物。――入院となればお金もかかる。

でも、良かった。沙也は、父のために役に立ったことを、素直に喜んでいた。

家に帰ったのは大分遅かった。

「お姉ちゃん、電話」

玄関へ入るなり、和人が言った。

「私？　誰から？」

「知らない。今かかってる。でも男だよ」

「あ、そう」

取り合わずに、急いで受話器を取ると、「はい、沙也です」

「お前か」

「え？」

「北山だよ」

殺された涼子をスカウトしようとしていた男だ。

「あの……」

「ここの番号も、あの刑事が教えてくれた」

あの高林刑事！

「何か？」

「ちょっと話がしたい。会ってくれないか」

「でも――」

「この前は悪かった。刃物なんか振り回して。もうあんなことはしない」

信じていいものかどうか、迷っていると、

「俺はあの後、君の友だちと会ったんだ。誘いをきっぱり断ったあの子の態度が妙に
気に入って」

「じゃ、涼子と付合ってたんですか？」

「少しの間だけどな。——でも、あの子は何か秘密を抱えてた」

「涼子が？」

「何かに怯（おび）えてる様子だった。——訊いても何も言わなかったけど」

沙也は、この話を母に聞かれたくなかった。

「明日、私の方から連絡します」

と、小声で言った。

「お父さん、胃に穴があいたんだって」

と、和人に説明している母の声が聞こえて来た……。

16　災難の日

〈エリカ、足首捻挫（ねんざ）で休業！〉

TVのワイドショーの画面にその文字が躍って、お昼のサンドイッチをパクついて

いた沙也も、ふと手を止めてTVに見入る。

エリカがいつもの笑顔で出て来て、

「私、ドジだから」

と、舌を出して見せている。

あのとき、付合っている男の奥さんに狙われていると怯えていたエリカとは別人みたいだ。

「付合いきれない……」

と、沙也は呟いた。

学校の授業は午後三時まで。——父の見舞に行く前に、北山と会う約束をしている。もうナイフを突きつけられたりしないとは思うが、一応人目の多い、有名なパーラーにした。

「早く食べちゃわなきゃ」

午前中の実習が延びて、昼休みが半分しかない。

「——小田沙也さん」

呼出しのアナウンスに気付いて、あわててサンドイッチを喉に詰らせそうになった。

事務室へ行くと、

「お客様よ。表にいるって」

大体、こういうときは、ろくなことがない。

こわごわ表へ出てみると、

「小田沙也さん？」

と、寄って来たのは、どこかの営業マンみたいな愛想のいい男。

何かのセールス？

「私ですけど……」

「お友だちの吉川みどりさんにご紹介いただきまして。少しお時間をちょうだいできませんでしょうか」

やっぱりね！　みどりったら！

「私、授業があるので――」

と言いかけて、沙也はギョッとした。

今度はナイフではなかったが、もっと凄い――拳銃が脇腹へぐいと押し当てられ、

「そこの車に乗れ」

と、全く別人のような、ドスのきいた声で言われた。

たちまち車へ押し込まれると、がっしりした体つきの男二人に挟まれて、車はすぐ走り出した。

助手席に、白髪の後ろ姿が見えた。

車がスピードを上げると、

「このまま失礼するよ」

と、その白髪の男が言った。「私の顔は見ない方がいい」

見たくもない。

「小田沙也君だね」

「――はい」

「三原涼子という子を知っているね」

「友だちでした」

「気の毒なことをした。あの子の殺されたわけを知っているかね？」

「いいえ」

「犯人も？」

「知りません」

「あの子から、何か預からなかったかね？　手紙とか封筒とか……」

「いいえ」

隣の男が、

「とぼけやがって！　少し痛い目に遭わせますか。裸にして海へ放り込むとか」

「私、何も知りません！　本当ですよ！」

沙也もさすがに冷汗が流れる。

「よせ。怖がってる」

と、白髪の男が言った。「君は正直な子だ。そうだろう？」

「はい……」

「三原涼子の部屋か、持物の中から、ある物を探してほしい」

「――私が、ですか」

「そうだ。見付けてくれたら、相応の礼はする」

「でも……」

「やってくれるね？」

――とても、「いや」と言える状況ではなかった。

「分りました。でも、何を見付ければ？」

「いい子だ。君はきっと引き受けてくれると思っていたよ」

「どうも……」

「小さなネガだ。写真のネガ。――どんな所にでも、隠しておける」

「一枚ですか？」

「そうだ。――何が写ってるか、君には関係ない。関心を持たないようにね」

「持ちません！」

「時間があまりない。一週間以内。分ったね？」

「はい……」

「よし。じゃ、学校へ送ろう」

車がUターンした。

何とか無事に帰れそう、と思っていると、ケータイが鳴り出し、

「キャッ！」

と、声を上げてしまった。

「早く出たまえ」

「はい……。あ、もしもし」

「エリカよ」

「あ、どうも。——TVでさっき見ました」

「立川さんがうまくお膳立てしてくれてね。お父さんが入院したんですって？　大変ね」

「ええ……」

「ね、時間あったら、私のマンションに遊びに来てよ」

「ありがとう。でも、今はちょっと——」

「うん、その内ね」

と、エリカは言って、「立川さんとは何もない?」

「え?――ええ、何も」

「用心してね。私……」

エリカは何か言いかけて、「じゃ、また」

と、切ってしまった。

沙也がホッとしてケータイをしまうと、隣の、さっき沙也をおどしつけた男が、

「今聞こえてた、『エリカ』って、タレントのエリカか」

と訊く。

「ええ」

「どうしてお前が知ってるんだ?」

「私――あのプロダクションのバイトしてるんです」

「ふーん」

男は肯いて、「な、エリカのサイン、もらってくれねえか?」

と言った。

「――頼んでみます」

「頼むぜ。〈ヒトミさんへ〉って書いてもらってくれ」

「〈ヒトミさん〉?」

「はあ……」

「俺の名前だ」

「――うるさい店だな」

と、北山が顔をしかめる。

「でも安全だもん」

沙也は不機嫌だった。

沙也はアップルティーを飲みながら、「お話って？」

パーラーは女子高校生で一杯だった。

ナイフだの拳銃だの、何で私がこんな目に遭うのよ！　何もしてないのに！

「スカウトするにゃ若すぎる」

と、北山はコーヒーを飲みながら言った。「それに、あの子と会ってから、スカウトの仕事がいやになった」

「そうですか」

「俺がアダルトビデオに誘うと、あの子は怒るでも恥ずかしがるでもなく、言ったよ。『私、そういうことはしません』って」

北山は思い出しながら、「俺は言ってやった。『誰にもばれなきゃ同じだろ』って。

そしたら、あの子は……」

沙也は北山を見て、

「涼子、何て言ったんです？」

「うん……。『私には隠せない』って。『未来の私、誰かの恋人になり、誰かの母親になる私には、隠しておけないでしょ』って言った」

北山は、ちょっと首を振って、「あんなことを言われたのは初めてだ。これまでスカウトした子だって、二、三年でやめて、結構普通の奥さんになってたりする。俺は、気楽なもんだと思ってた。しかし、あの子らも、心の底じゃ昔のことを傷あとみたいに抱えてるのかもしれないな……」

沙也は、北山がしみじみと言うのを、意外な思いで聞いていた……。

17　長い夜の始まり

北山と別れて、沙也はK大病院へ向うバスに乗った。

まだ日が長いので、外は明るい。

父を見舞って、それから三原涼子の家へ行くつもりだった。何しろ、そのネガだか何だかを見付けなくては、どんなことになるか分らない上に、一週間と期限を切られている。

――バスに幸い空席があって座れた。

涼子……。一体何をしていたの？

北山は涼子が「何かに怯えていた」と言った。そのわけを知りたかったが、北山は何も聞いていないという。

北山が沙也に会いたがったのは、むしろ北山の方が沙也から涼子のことを聞きたかったからなのだ。

北山は、中学時代、沙也の知っていた涼子のあれこれを聞きたがった。――どんな子だったか。クラブは何をやっていたのか。

どうやら北山は涼子に本気でひかれていたらしい。

沙也は、その涼子が「怯えていた」ということと、今日の昼、後ろ姿しか見なかった白髪の男から、「写真のネガを見付けて来い」と言われたことと、どうつながっているのか、知りたかった。

涼子が「怯えていた」のは、そのネガのせいではないか、と沙也は思っていた。

しかし、涼子がどうしてそんなネガを手に入れることになったのか、見当もつかない……。

本当は一週間かけても、そのネガとやらが見付けられなかったときのことを心配するべきかもしれない。あの〈ヒトミさん〉とかいう大男にエリカのサインをもらってあげるくらいじゃ、とてもおさまるまい……。

バスの隣の席が空いて、誰かが座った。

沙也が腕時計を見ていると、

「デートの待ち合せかね?」

びっくりして、隣に座った男の顔を見ると——。

「高林さん……」

高林刑事がニヤニヤしながら、

「デートのはしごかな?」

と言った。

「何の話ですか」

「北山と付合ってるとは思わなかったよ」

沙也は、よほど高林に文句を言ってやろうとしたが、何を言っても応えないだろう、

と思い直した。

「ああいう男とは、あまり付合わないことだ」

「ご忠告、ありがとう」

と、沙也は言った。「でも、恋愛の自由ってありますよね」

高林はちょっと笑って、立ち上った。

「また会おう」

と、ニヤリと笑って、バスを降りて行く。

——刑事に生活を見張られているというのは、いい気分ではない。

「ま、いいや」

肩をすくめて、もう高林のことは忘れようと決めた。

病院に着いて、エレベーターで父の病室のあるフロアへと上って行く。

扉が開くと、目の前に母親がいて、びっくりした。

「お母さん、どうしたの？」

「沙也、ついさっきね、お父さんが一杯血を吐いて……」

雅代は青ざめていた。

「それで？」

「手術だって。今、準備してるとこ」

「お母さん……」

「どうしよう、もしお父さんが助からなかったら……」

沙也は、母が取り乱しているところを、生れて初めて見た。

「お母さん、大丈夫だよ」

と、しっかり母の手を握り、「お父さん、死ぬもんか」

「そうね……」

雅代は涙を拭って、「お父さんが頑張ってるのに、こっちが泣いてちゃ仕方ないわね」

「和人は？」

「呼んでないけど……」

「呼ぼうよ。一人だけ呼ばれないなんて可哀そうだ」

「そうね。――考えなかったわ」

「私、電話するから」

ともかく、一旦病室へ急ぐ。

あわただしく、手術の用意が進んでいた。

父はもう麻酔がかけられて眠っていた。

「お父さん。――待ってるからね」

と、沙也は声をかけた。

家へ電話して和人を呼び、戻ってくると、もうベッドに父の姿はなかった。

ハッとした。――むろん、手術のために運ばれて行ったのだということは分っているが空のベッドは思いがけないほどのショックを与えた。

「――こちらでお待ち下さい」

と、看護婦が来て、「何かあれば、手術室のフロアへお呼びします」

「はい」

――母と二人で病室の中にはいたくなかった。

廊下に、ソファの並んだ場所があり、ナースステーションの目の前なので、そこで時間を過すことにする。

「どれくらいかかるのかね」

と、雅代は言った。

「さあ……」

長い夜になるだろう、と沙也は思った。

涼子の家へ行く時間など、とてもない。――今は父のことだけ考えていよう、と思った。

ソファにかけて十分ほどして、沙也のケータイが鳴った。電源を切るのを忘れていたのだ。

立川からだった。出ないわけにいかない。

「――はい」

「僕だ。急で悪いけど、エリカの仕事なんだ。いつものマンションへ来てくれ」

と、立川が早口に言った。

「立川さん。――すみませんけど、今、ちょっと……」

「来てくれないと困るんだ。頼むよ」

雅代が「立川」という名を聞いて、

「あの方？」

と訊く。

「うん。急なバイトの話で……」

「行ってらっしゃい。お世話になったんだから」

「でも――」

「ここへ入院できたのも、立川さんのおかげでしょ。お役に立たなきゃ。ここは大丈夫。和人も来るわ」

「――うん」

沙也は立川へ、「すぐ行きます」

と言った。

もちろん、父の近くにいてやりたかったが、却って立川の仕事をきちんとこなしていれば、その方がいいのかもしれない、という気がして、

「じゃ、行ってくる」

と、母の肩を軽くつかんで、沙也は足早にエレベーターへと向った。

――タクシーで、いつものマンションへ向いながら、沙也は、休養中のはずのエリカがどうしたのだろう、と思っていた……。

18　白い包帯

マンションのドアが開くなり、立川が、

「すぐ着替えて」

と言った。

「はい」

父の手術のことは何も言わなかった。

今はエリカの「影」になることだけ考えていよう。

ベッドに用意されていたのは、ごく普通のワンピースだった。

急いで着替えて、髪も大体自分で直す。メイクもある程度やれるようになっていた。

居間へ出て行くと、立川は一目見て、

「上手(うま)くなったね」

と肯(うなず)いた。「もう夜だし、それでいい」

「はい」

「薄手のコートをはおって、えりを立てておいてくれ。行くぞ」

「はい」

立川は何の説明もしないで、車の後部座席に沙也を乗せ、夜の町へと車を出した。

少し行って赤信号で停(とま)ると、初めて立川が口を開いた。

「エリカが、ちょっと厄介なことになった」

「どうしたんですか?」

「例の男と会ってたんだ。——僕に言えばいいのに、一人でこっそり会っていた」

「それで?」

「男といるところへ、奥さんが乗り込んで来た」

車が走り出す。

沙也は何とも言いようがなかった。

そういう修羅場(しゅらば)は経験もないし、見たこともない。ドキドキした。

「——でも、私、どうするんですか?」

と、沙也は少しして言った。「エリカさんの代りに殴られるの?」

「それも面白いな」

と、立川が笑った。

「いやだな。——殴られるくらいならともかく、刺されたりしたくない」

「心配するな。三万円でそこまではやらせない」

立川らしい言い方だった。

車は都心の一流ホテルに着いた。

沙也は立川とホテルのレストランへ入り、サングラスをかけて席についた。

他の客から見える席だ。

「——エリカ様、いらっしゃいませ」

ウエイターが声をかけて来たのは、立川の指示だろう。周囲のテーブルの客がみんな振り返って沙也の方を見た。

沙也はサングラスのまま、大きなメニューで顔を半ば隠すようにした。

「——それでいい」

と、立川が小声で言った。

「サインとか言われたら？」

「僕がプライベートだからと言って断る」

立川はウエイターに、「今日のコースを出してくれ」

と言っておいて、立ち上ると、

「一人で食べていてくれ。——何かあれば呼ぶ」

沙也は肯いた。

立川が足早に行ってしまうと、何だか心細くなった。

僕が断る、なんて言って、いなくちゃ仕方ないじゃないの。

どうやら、このホテルの部屋でエリカは彼氏と会っていたらしい。——ここで沙也はわざと人目に触れてアリバイ作りというわけだろう。

——病院の父のことがどうしても気にかかったが、今は仕方ない。

オードブルを食べ、スープを飲んでいると、さっきのウエイターが、

「お電話でございます」

と、コードレスの受話器を持ってくる。

「——もしもし」

「十七階の〈1703〉へ来てくれ」

とだけ、立川は言った。

沙也は席を立って、客の視線を感じながら、フロアの真中を歩いて行った……。

〈1703〉のチャイムを鳴らすと、すぐドアが開いた。

「入って」

立川が沙也を中へ入れ、ドアを閉める。

スイートルームで、リビングが広い。奥のドアの向うがベッドルームだろう。

「エリカさんは？」

立川は黙って奥へ入って行く。——沙也もついて行った。

エリカが、広いベッドに一人で寝ていた。

「眠ってる」

と、立川が言った。「医者が鎮静剤を射ったんでね」

「どうしたんですか」

立川が掛け布団の端をめくった。エリカの左手首に白く包帯が巻かれている。

「——手首を？」

「切った。彼が奥さんに叱られてすごすご帰ってしまったのがショックだったらしい。当り前のことなのにな」

「でも……可哀そうですよ」

と、沙也はエリカの寝顔を見下ろして、「病院に連れてかなくていいんですか？」

「大丈夫。深い傷じゃない。精神的なショックの方が大きいんだ」

立川は肩をすくめ、「見付けたのが早くて良かったよ」

「どうするんですか？」

「ここで今夜は眠らせておく。——君は戻って食事をしていてくれ。終るころ、僕も行く」

「はい」

「こういう事件は、どこからともなく洩れるものなんだ。エリカの場合は、足首を痛めて休んでいたから、却って良かった」

「でも、手首の傷は――」

「治るまで、君の出番がふえることになる。手首を出して見せるようにするんだ。今もレストランに戻ったら、わざと少し袖を上げて、手首を客に見せるように」

「分りました」

エリカの気持を考えると、少々気が重かったが、これも仕事だ。

「じゃ、戻って、何もなかったように食事をしてくれ」

「はい」

沙也はベッドルームを出て、部屋を出ようとした。

「――沙也君」

立川が呼び止めると、「これは別会計だ」

と、一万円札を何枚か沙也の手に握らせる。

「でも……」

「しゃべりたくなるだろう？　口止め料だよ」

「私、しゃべったりしません」

ムッとして言い返した。「言っちゃいけないことの区別ぐらいつきます」

「怒るな。これは気持だ」

「でも――」

「それじゃ、キスの代金だ」

「え?」

いきなり立川の腕の中に抱きすくめられていた。

拒む間も、逃れる間もなかった。今まで経験したことのない、自信に満ちたキスに体がカッと熱くなった。

「――エリカさんが」

「ああ、今日はここまで」

立川はいたずらっぽく笑うと、「さ、行ってくれ」

立川の腕から抜けると、一瞬フラッとよろけた。

「大丈夫か?」

「平気です!」

投げつけるように言って、廊下へと飛び出す。

「もう!――冗談じゃないわ!――たかがキスぐらいで!」

ひとり言を言いながら、沙也は大股にエレベーターへと向った。

食後のコーヒーを飲んでいると、立川がやって来た。

「何もなかった？」

「ええ」

「味は？」

「良かったわ」

立川は肯いて、

「食べそこなったな。どうせ今夜はここで泊りだ。後でのんびり食べよう」

立川はコーヒーだけ取って、

「何か用事があったんだろ？　悪かったね」

「いえ……。父が今、手術中で」

立川が、さすがに一瞬目をみはって、

「そうか……。それはすまなかった」

「今ごろ遅いわ」

と、エリカ風に口を尖らすと、立川は微笑んだ。

「その調子だ」

──二人は席を立って、立川が会計をすませている間に、沙也はレストランを出てロビーで待っていた。

同じレストランにいた客が、沙也の方をチラチラ見ている。

サングラス一つで、人はずいぶんごまかされてしまうものだ。

立川が出てくるのを待っていると、

「エリカ！」

と呼ばれて、びっくりして振り返った。

いつかクラブの外で声をかけて来た中年男だった。

「エリカ！　父さんだ。話を聞いてくれ」

沙也はあわてて顔をそむけた。

本当の父親かどうかはともかく、近くで見られたら、別人と分ってしまうだろう。

「な、エリカ、父さんの言うことを聞いてくれ」

ロビーの人たちが、みんな注目している。沙也は思い切って、パッと男を真正面に見ると、

「向うへ行って！」

と、大声を上げた。「あなたなんか知りません！」

立川が駆けつけて来ると、

「行こう」

と、沙也の肩を抱いて小走りにレストランを後にする。

振り向くと、男は呆然と立ちつくしていた。

「——よくやった」

「ハラハラしたわ。——あの人、本当の父親？」

立川は少しためらってから、

「実はそうだ。エリカが小学生のころ、家を出てしまったんだよ」

「やっぱり」

「エリカは、それもあって、父親の姓を名のりたくないんだ」

沙也は、今、あの広いスイートルームでただ一人、手首に包帯を巻いて眠っているエリカのことを考えて、胸が痛んだ。

「さ、マンションへ行って、それから病院まで送るよ」

立川が駐車場へ下りるエレベーターのボタンを押した。

19　白んだ空

「私、タクシーで病院まで行きます」

マンションで着替えて、沙也は立川に言った。

「立川さん、エリカさんについててあげて」

「大丈夫だよ」

と、立川は玄関を出て鍵をかける。「どうせホテルへ戻る途中、ちょっと寄り道するだけだ。五分と違わない」

そこまで言ってくれるのなら、と沙也は立川に送ってもらうことにした。

――父の手術はどうなっただろう？

助手席で、沙也は祈るような思いだった。

「心配だろう。悪いことしちゃったな」

と、立川は車を運転しながら、「急いで行くからね」

「あ、いいんです。安全運転で……」

「僕の腕を信用しろよ。若いころはカーレーサーに憧れたくらいだぜ」

「若いころって？」

「中学生のころ」

「そんな、免許持ってないころのこと……」

と、沙也は笑ってしまった。

立川が、沙也の不安を紛らわそうとしてくれているのだ。――沙也は、クールに見える立川の意外な面を見たような気がした。

「エリカさんと彼氏……。おしまいですか」

と、少しして沙也は言った。

「そうなるだろうな。ま、いずれこうなるとエリカにも分ってたはずだ」

「でも……手首切るなんて。私、とてもそんな度胸ない」

「僕もないね。大体血を見るのが苦手で」

立川は赤信号で車を停めると、「君は、恋した経験ぐらい、あるんだろ?」

「それって、嫌味? もう十八ですよ、私」

「ごめん、ごめん。――しかし、そういう……何ていうかな、命をかけた恋は?」

「それはまだ……。その前にしたいことが色々あるし」

と、沙也は言った。

車が再び走り出す。

「あと十分はかからないと思うよ」

と、立川が言った。

「――立川さん」

「何だい?」

「たぶん……父は元気になっても、元の仕事には戻れないと思うんです。もちろん働いてはくれると思うけど、また胃に穴があくような仕事はしてほしくない」

「人間、なかなか自分に向いた仕事にはつけないもんだよ」

「そうですね。――ただ、父の収入が減るのは確かだと思うんです。私、学校辞めて働かなきゃいけないかも……」

　沙也は少しためらってから言った。「立川さん、私にできるような仕事、ないでしょうか？」

「この業界で、ってこと？」

「どこでもいいんですけど。――自分で捜すといっても、パートぐらいしか見付からないんじゃないかと……」

「そうだな。時給七、八百円のパートじゃ、もしお父さんの入院が長くなったら、やっていけないだろうね」

　そうだった！　差し当って、父の入院の費用がかかるのだ。

　多少の貯金はあるだろうが、それで足りるかどうか……。

「――さ、着いた」

　立川は車を病院の〈夜間救急〉の入口の前へ寄せた。

「ありがとうございました」

　と、車を降りて、「エリカさんに、元気出して、って伝えて下さい」

「――沙也君」

と、立川は肯いて、

「はい？」

行きかけた沙也が振り向く。

「お父さんの入院の費用、もし大変なら何とかしてあげるよ。相談してくれ。遠慮しないでね」

立川の言い方は、心のこもったものだった。沙也はちょっと胸が熱くなって、

「ありがとう、立川さん」

と言った。「もしそのときは……」

「うん。無理に頑張るなよ。君はまだ十八なんだ。――それと、仕事の口も気を付けておくよ」

立川はそう言って、「お父さん、きっと大丈夫だよ」

何となく、本当にそんな気がした。

沙也は、立川の車が見えなくなるまで見送って、それから病院の中へと入って行った。

徹夜するということは、滅多にない。

「分った。伝えるよ」

沙也も十八だから、夜ふかしは得意だが少しでも眠らないと次の日、まるで調子がでないのである。

「――ね、少し明るくなって来た」

と、沙也は言って、隣に座った弟の和人を見た。

和人は、口を半分開けて眠ってしまっている。

「だらしないな。一晩くらい起きてりゃいいのに」

「寝かしときなさい」

と、母が言った。「中学生よ。起きてろって言っても可哀そうよ」

――父の手術は、既に七時間を超えている。

大変な手術だ。

「でも、時間がかかってるってことは、お父さん、頑張ってるってことだよね」

と、沙也は自分へ言い聞かせるように言った。

「ね、沙也」

「うん?」

「立川さんって方とは……どういうお付合いなの?」

「どうって……」

「個人的なお付合いがなけりゃ、ここまでお世話して下さらないでしょ」

「お母さん。――変な想像しないでね。あの人は大人。しかも周りに可愛い子が沢山いるのよ」

「だけど……」

「ちょっと特別なバイトを頼まれてるの。でも、心配するようなことじゃないから。信じて」

「分ったわ」

と、雅代が微笑んだ。

――本当なら、他に心配することがいくらもある。

父の容態だけではない。沙也には、あのわけの分らない白髪の男に言われた、「ネガ探し」の仕事があった。それこそ、もし見付けられなかったらどうなるか……。

沙也は窓辺に立って行った。

夜が明けてくる。灰色の空の下、家並みが色彩を取り戻しつつあった。

「――小田さん」

看護婦が呼んだ。

「はい」

雅代が弾かれたように立ち上る。

「手術室の方へどうぞ」

沙也は、和人を揺さぶって起こした。

――手術室のあるフロアへ行くと、よくTVドラマなんかで見る、手術着姿の医師がマスクを外して、看護婦へ何か指示を出していた。

「――先生、ありがとうございました」

と、雅代が頭を下げる。

父は助かったんでしょうか？

そう訊きたいのに、怖くて言葉が出て来ない。

「ああ、小田さんのご家族ですね」

と言ったのは、立川が直接頼んでいた医師だった。「ご主人は大丈夫です」

母が一瞬よろけそうになるのを、沙也はあわてて支えた。

「大分ひどく出血していましたが、何とか心臓が持ちこたえてくれたのでね。胃の半分ほど取りましたが、そう影響はないでしょう」

「ありがとうございます！」

母が泣き出してしまったので、沙也の方は泣くタイミングを失った。

「三、四日は集中治療室で様子を見ます。――今はまだ麻酔が効いて眠ってますが、お会いになりますか？」

「はい、ぜひ！」

「じゃ、ほんの二、三分だけですが。――少しお待ち下さい」

沙也は、母へ、

「立川さんに知らせてくる」

と、小声で言って、エレベーターのそばの公衆電話へ駆けて行った。

いくら何でも明け方だ。出ないかもしれないと思ったが、留守電にメッセージを残しておこうと思った。

しかし、立川のケータイへかけると、すぐに本人が出た。

「父の手術、今、無事に終りました。大丈夫でした」

自分でも、声の弾んでいるのが分る。

「そりゃ良かった」

「あの――まだエリカさんと?」

「うん。よく寝てるよ。もしかすると、明日の夜――いや、もう今日の夜か。また頼むかもしれない」

「はい、いつでも」

と、沙也は言った。

電話を切って、沙也は、

「長い夜だった……」

と呟いたのだった……。

20　捜しもの

さすがに、その日は学校を休んだ。

家へ帰って、ベッドに潜り込むと、沙也は午後の三時ごろまで眠ってしまったのである。

起き出すと、母から電話があって、父の着替えを持って来てと言われた。

――しかし、今日こそは涼子の家へ行って、「ネガ」を捜さなくてはならない。

沙也は涼子の家へ電話を入れた。

母親が出て、夜は外出してしまうということなので、先に回ることにする。

――三原家に着いたのは、五時少し前だった。

「すみません、急に押しかけて」

と、沙也は母親に言った。「涼子さんに渡してあったのを、ずっと忘れていて」

部屋の中を、あちこち捜し回ろうというのだ。

何か口実が必要だった。

考えたあげく、表参道でバッタリ会ったときに、共通の友人の住所を訊かれ、メモを渡して、それきりになったことにした。

「自分でもメモしとけば良かったんですけど、すぐ返してもらうつもりで。――それきり、別の話になって、忘れちゃったんです」

「あの子も、うっかり屋でしたものね。どうぞ捜してみて下さい」

母親は快く承知してくれた。

そして、沙也は涼子の部屋へ通してもらったのだが……。

さて、どこを捜せばいいだろう?

一人になって、沙也は、

「涼子、ごめんね」

と、手を合せてから、机の引出しの中を調べ始めた。

言われた通り、小さなネガ一枚だったら、それこそ本の間でも、クッションの中でも、いくらも隠す所はある。

そう何時間もかけるわけにいかない。

沙也は、涼子の手帳を見付けると、パラパラとめくってみた。

しかし、一向にそれらしいものは見付からない。

バッグの中だの、洋服のポケットだのを捜している内に、妙なことに気付いた。

沙也が捜している場所を、既に誰かが調べているようなのだ。

ポケットが裏返しになっていたり、小さなアクセサリー入れの中がクシャクシャにかき回されていたり……。

涼子は几帳面で、引出しの中もよく整理してあったものだ。それが、どうも人の手で乱されている気配がある。

誰かが、ネガを捜したのか？——でも、そんなことを誰が……。

沙也は思わず、

「まさか！」

と言った。

この部屋で、「一人になりたい」と言った男がいる。

涼子の「彼氏」だった曽根だ。

曽根が？——あのとき「一人になりたい」と言ったのは、この部屋で何かを捜すためだったのか。

考えてみれば、曽根が涼子の彼氏だったというのは、曽根の話でしかない。もし、それが嘘だったら……。

「——すみません」

と、沙也は居間へ戻って、母親に訊いた。

「あの曽根さんという人ですけど、その後何か言って来ましたか？」

「いえ、何も」

「そうですか……」

曽根は、涼子の葬式にも来なかった。

沙也は、もう一度曽根に会う必要がある、と思った。

一時間かけて捜したが、結局、何も見付けられずに沙也は三原家を後にした。

あまり遅くなってもいけない。――病院に回って、父の顔を見ることにした。

「――お父さん」

集中治療室に入っているので、見舞うといっても、五分しかそばにいられない。

「沙也か……」

父は、やつれてはいるものの、目にはしっかりと力があって、沙也は安心した。

「どう？　ダイエットできていいね」

と、沙也は言って笑った。

「母さんから聞いた。お前が頼んでくれたってな。――ありがとう」

「いい娘でしょ？」

「全くだ」

と、父は微笑(ほほえ)んだ。

父の笑顔を、久しぶりに見た気がした。

沙也は父の手を握って、

「ゆっくり体を休めて。仕事のことなんか考えないでね」

と言った。

病院を出たところで、ケータイが鳴った。

立川からだ。

「——今、どこだ？」

「病院を出たところ。マンションへ行くんですか？」

「いや、そこにいろ」

「え？」

「すぐ行く」

キョトンとしていると、見憶（みおぼ）えのある車が走って来て、目の前に停（と）まった。

「——立川さん」

「後ろに乗ってくれ」

「はい」

ドアを開けて、沙也はびっくりした。

エリカが乗っていたのだ。

「エリカさん！　大丈夫なんですか？」

「色々ありがとう」

車が走り出すと、エリカは言った。

「いえ、そんなこと……」

ほとんどメイクもせず、普段着のエリカはTV画面で見るのとは別人のようだった。

「心配かけてごめんなさい」

「私も父のことで……」

「手術、うまくいったんですって？　良かったわね」

「ええ、おかげさまで」

沙也は窓の外を見て、「どこへ行くんですか？」

と訊いた。

「イベントがあるんだ」

と、車を運転しながら、立川が言った。

「どうしても出ないわけにいかない」

「大丈夫なんですか？」

「座ってればいいのよ」

と、エリカは言った。「ね、そうなんでしょ？」

「そのはずだ」

と、立川は微妙な言い方をした。

「でも……」

「沙也君には、一応念のために控えていてもらう。――ホテルの宴会場で、あるパーティが開かれてる。そこで、ちょっとトークがある」

「座ってていいのよね」

「足首を痛めてると伝えてあるからね」

「あんまり長くしゃべれない」

「何とかなるよ」

――エリカは不安げだった。

何しろ自殺しかけた翌日だ。

大丈夫なのだろうか？――沙也は気が気ではなかった。

車は二十分ほどで都心のホテルへ着いた。

「部屋を仕度用に借りてある」

と、立川は言った。

三人でエレベーターに乗り、客室の一つへ入る。

中ではスタッフがエリカを待っていた。

エリカがメイクをしている間に、沙也は立川と部屋の隅に立っていたが、

「――エリカさん、落ちつかないですよ。休ませれば良かったのに」

と、沙也が小声で言うと、

「できたらそうしてるさ」

「何か特別な事情が?」

「大手のスポンサーの依頼だ。断れない」

「でも……」

「君、そのままでいいからエリカのそばについててくれ」

「はい……」

立川は、ちょっと顔を寄せて、

「政治家が来る。それと――少しおっかないのもね」

「おっかない?」

「その筋の大物だ」

「それって……まさか……」

「ま、いわゆる〈ヤクザ〉だ」

沙也はちょっと青くなった。

「エリカさん、知ってるんですか」

「話してある」

「でも……何かあったら？」

「大丈夫。こういう世界にはこの手の付合いが必要なのさ」

立川はそう言って、「――よし！　出かけよう」

と、いつになく大声を出した。

立川も緊張している。

沙也は、何だかいやな予感がしていた。

21　妙な再会

宴会場のフロアへ降りると、ロビーが広い。

エリカは、いつになく不安そうに見えた。

「私、どう？」

と、そばについている沙也へ訊く。

「すてきですよ」

「そんなわけないわ！　いい加減なお世辞言わないで！」

エリカはヒステリックに叫んだ。

沙也としては、どう対処していいものか分らない。

「落ちつけ」

と、立川がエリカの肩を叩く。「大丈夫。少し顔が青白いだけさ」

「幽霊みたい？」

「そんなことないって。僕も沙也君もついてる。心配するな」

沙也は自分の服のままだから、「身代り」というわけにはいかない。でも、エリカのそばにくっついていれば、「付き人」か何かだと思われるだろう。

「――ごめんね。怒鳴ったりして」

エリカが沙也の手を握りしめる。その手は冷たかった。

「エリカさん、スターだもの。みんなが憧れの目で見ますよ」

「そう……。スターね。そんなものになりたくなかった」

と、エリカは寂しげに微笑んだ。

「あそこだ」

いくつも、大きな宴会場が並んでいる。

その一つ、入口の受付のテーブル辺りに、黒っぽいスーツの男が何人もいる。

「エリカさん、大丈夫？」

エリカは足を止めて、小刻みに震えている。

「立川さん！　エリカさん、出られませんよ」

「そうはいかないんだ。少しの間でいい。――な、頑張ってくれ」

いつもの立川なら、もっと気のきいたジョークでも飛ばして、エリカの緊張をほぐそうとするだろうが、今は立川もピリピリしている。そんな余裕がないのである。

「私……怖い」

と、エリカが震える声で言った。

すると、受付の辺りにいた男たちが、沙也たちに気付いた。

一人が大股(おおまた)にやってくると、

「何の用だ？」

と言った。「用もないのにパーティに近付く奴は、腕の一本もへし折られる覚悟でいろ」

決してドスのきいた声ではない。むしろ、ごく普通の声で当り前に言われるのが怖い。

「タレントのエリカです。今日、パーティにお招きいただいておりまして」

と、立川が言った。

「おお、これか。社長がお待ちかねだ」

「遅くなりまして」

「私、エリカのマネージャーで、立川と申します」

と、早速名刺を出す。

「ついて来い」

と、そのがっしりした体格の男は、受付のテーブルへ行き、リストをチェックすると、「立川とエリカだな。よし、社長の所へ案内するから、入れ」

広い宴会場には、立食パーティの客がひしめき合っているようで、話し声がゴーッと渦を巻いている。

「――おい待て」

会場へ入ろうとする所で、沙也が止められた。「お前は何だ？」

「エリカの世話をしてくれる子です。うちのアルバイトで」

と、立川が言った。

しかし、受付にいた男もやって来て、

「リストにない奴は入れない」

と、沙也を押し戻した。

「あの――でも――」

「社長や先生に何かあったら、俺たちは腹を切らなきゃならないんだ。お前はその辺で待ってろ」

そう言われると、立川にもどうすることもできない。

「沙也君、近くのソファに座っててくれ」

「はい……」

私は別にいいけどね……。

ただ、エリカが心細そうに振り返って、沙也を見ている。しかし、立川に促されて歩き出したエリカの姿は、たちまち人の波の中に消えてしまった。

「すぐ終るって言ってたのに……」

沙也は、ロビーに置かれたソファに座って、何度も腕時計を見ていた。

エリカと立川がパーティの中へ入って行って、もう一時間近くたっている。

エリカは大丈夫だろうか？――ロビーにいては、中の様子がさっぱり分らない。

やきもきしていても、何しろ入口の辺りはおっかない男たちがウロウロしているので、中を覗きにも行けないのだ。

沙也は、化粧室へ行って、洗面台で顔を洗った。――冷たい水が、ほてった頰に気持いい。

ペーパータオルで水を取り、化粧室から出て来ると――男子化粧室から出て来た男と出くわした。

別に、たまたま一緒に出て来ただけで、それ以上のことではなかったのだが……。

「あれ？」

と、男の方が言った。「お前か」

「え？」

こんな知り合い、いなかったわ、と思いつつ、

「あの……」

「エリカのサイン、もらってくれたか」

そう言われて、

「あ――」

と、立ちすくむ。

三原涼子の部屋から問題の「ネガ」を見付けて来いと言われたとき、沙也を、

「裸にして海へ放り込む」

と、おどかした用心棒風の男だ。

「ええと……〈ヒトミさん〉でしたっけ」

「そうだ。忘れてたのか？」

「いえ、そういうわけじゃ……。ただ、エリカさん、ちょっと具合が良くなくて

「──」

と、あわてて言いわけする。

「具合が悪い？　そりゃいけねえな。寝込んでるのか？　花でも届けようか」

「いえ、それには及びません」

と、沙也は急いで言った。

今、すぐそこのパーティに、エリカが出ていると教えてやろうかと思ったが、「サインをもらって来い」とでも言われたら困ってしまうので、やめておいた。

「──〈ヒトミさん〉は何の用で、ここに？」

と、沙也はエリカのことから話をそらそうとして、どうでもいいことを訊いた。

「俺は親分の代理で来たんだ」

と、ちょっと胸を張る。

「へえ、偉いんですね」

と、少し持ち上げてみたり……。

「まあ、それほどでも……」

と、満更（まんざら）でもない様子。

もしかして──。沙也は足を止めると、

「あそこのパーティに？」

と、指さした。

「ああ。ちょいと顔を出しとかないとまずいんでな」

エリカが出ているパーティではないか！

「――お前、何してんだ？〈ネガ〉は見付かったのか」

「いえ、まだ……」

と、沙也は口ごもった。

「ま、そうビクビクするな。見付からなくても、裸にして海へ放り込んだりしねえよ」

「それはどうも……」

「それじゃ苦しいだろ。アッサリ一発で殺してやるから」

ちっとも嬉(うれ)しくない！

そのときだった。

パーティの会場から、突然エリカが駆け出して来たのである。

真青(まっさお)になって、涙をためた目をしている。

「エリカさん！」

と、沙也は駆け寄った。

「もういやだ！」

エリカは肩を震わせて泣き出した。

「エリカ！」

立川が追って出て来る。

「立川さん、どうしたの？」

「うん……。酒を注げと言われて……」

「そんな！　ホステスさんじゃないんだから」

「分ってる。しかしな、相手が悪い」

立川も青くなっている。

「私、もう中へは戻らない！」

と、エリカが叫ぶように言った。

「エリカ──」

「私は歌手よ！　女優よ！　どうしてあんな人に胸やお尻を触られなきゃいけないの！」

エリカの頰に悔し涙が伝い落ちる。

「立川さん。──私がエリカさんを連れて帰るわ」

と沙也は言った。

そこへ、

「――あんた、エリカちゃんか！」

と、ノコノコやって来たのはあの〈ヒトミさん〉。

「ええ……」

「いや、本物なんだな！」

と、ニコニコしながら、「お前、知ってて教えなかったのか？　水くさいぞ！」

沙也はつつかれてよろけた。

「この人は？」

「あの――〈ヒトミさん〉っていって、エリカさんの大ファンで……」

と、沙也が説明していると、パーティ会場から黒いスーツの男が二人出て来て、

「おい！　社長を突き飛ばして逃げるとは何だ！」

「戻って、土下座して詫びろ！」

と怒鳴った。

「誰に向って言ってるんだ？」

と、〈ヒトミさん〉が立ちはだかり、「俺はエリカちゃんの用心棒だ。文句があるなら相手になるぜ」

沙也は、

「今の内に！」

と、エリカの手を引いて駆け出した。

22　問い詰める

「はあ。——分りました。どうも……」

立川がケータイを切って、ホッと息をついた。

「どうなった？」

と、沙也は訊いた。

——いつも沙也が着替えをするマンションである。

「うん。向うが酔って失礼をした、と詫びているそうだ」

「良かった！　当り前よ」

沙也も救われた思いだった。

「エリカは？」

「眠ってる」

エリカがソファに横になって、スヤスヤと寝入っている。

「——台所で何か飲もう」

と、立川が促す。

沙也は部屋の明りを消して、台所へ行くと、

「私、出します。立川さん、ビール？」

「ああ、一杯飲むか」

ダイニングテーブルの椅子を引いてかけると、立川はネクタイを緩めた。

冷蔵庫から缶ビールを出し、グラスへ注ぐ。

「君もどうだ」

「私、ウーロン茶でいい」

「そうか。――ま、ともかくご苦労さん」

乾杯――というほどでもないが、沙也もホッとした気分で冷たいウーロン茶を飲んだ。

「あの人、どうしたのかな」

「君の彼氏か？」

「やめて下さい。彼氏なんかじゃありません！」

沙也はムッとした。

「ごめんごめん。――しかし、二人を相手にアッという間にのしてしまったらしいよ。ずいぶん強い知り合いだね」

「ええ、まあ……」

　と、沙也は曖昧に言った。「──もう、エリカさんのこと、心配ないんですか」

「どうかな」

　と、立川は首を振って、「エリカ自身が立ち直ることも大切だが、今夜の相手も……」

「でも謝って来たんでしょ？」

「人前であんな真似をしたんだ。下手をしたらマスコミに叩かれる。表面上は謝ってるが、内心はどうだか……」

「じゃ、仕返しに？」

「用心に越したことはない。少しホテル暮しをして、一つ所にいないようにしよう」

　沙也はため息をついて、

「大変なんですね、スターっていうのも」

「何かと力になってくれる大物の存在はありがたいが、義理ができると、何か間違いのあったとき、巻き込まれる」

「よく聞きますね」

「それも運不運だ。──エリカはこれまでツイてた方だった」

「これからだって……。私も、力になれることはやりますよ」

　沙也は心からそう言った。

「ありがとう。君はいい子だな」

「珍しい。立川さんがお世辞なんて」

と、照れて笑う。

「君にお世辞言って、何か得になるか?」

「――ならない」

二人は一緒に笑った。

そして――沙也は立川に抱き寄せられていた。

「ごめん……」

と、声がして、エリカが台所の出口に立っていた。

沙也は急いで立川から離れた。

「邪魔してごめんね」

と、エリカは言った。「喉がかわいたの」

「エリカさん、私――」

「あら、私に遠慮しないでね。立川さんは別に私の恋人じゃないんだし」

沙也はウーロン茶をグラスへ注いで、エリカへ渡した。

「エリカさん。色紙、一枚書いてくれません?」

「いいけど、誰に?」

「〈ヒトミさんへ〉って」

沙也の話を聞いて、

「あの人？――喜んで書くわ！　私の写真も付けてあげよう」

「きっと喜びますよ」

エリカは明るく笑った。

沙也はそのエリカを見て、やっと安堵（あんど）した……。

そのとき、沙也のケータイが鳴った。

出てみると、

「やあ、曽根だけど」

「あ……」

「今日、電話くれた？　着信記録が」

「ええ」

涼子の部屋で、曽根が何をしていたのか、問い詰めなくてはならないと思ってかけたのである。

「何か用だったの？」

「ちょっとお訊きしたいことがあるんです。お話しできます？」

「もちろん。今どこ？　これからでも構わないよ」

沙也は、このマンションの住所を教えることはできないので、この近くの場所を指定した。

「――立川さん、じゃ私、お先に失礼してもいいですか」

「ああ、もちろん。送って行こうか」

「いえ、大丈夫です」

「一緒に乗って行けばいいわ」

と、エリカが言った。「私も、もう帰りたい」

「じゃ、途中で降ろすよ」

沙也も、そこまで言ってくれるのなら、甘えようと思った。

仕度をしてマンションを出ると、車の助手席に乗った沙也は、立川に待ち合せの場所を説明した。

「――ボーイフレンドじゃないの？」

と、後ろの席でエリカが言った。

「違います。友だちの彼氏だった人で……」

本当は果してどうだったのか。

――車では、ほんの数分だった。

「あ、あそこにいる」

曽根が、交差点の角に立っているのが見えた。

立川がすぐそばへ車を寄せて停め、

「じゃ、また」

と、沙也が降りると、曽根が面食らっている。

「歩いてくるのかと思ったよ」

「ついでがあって……」

車の中から、エリカが興味津々という顔で覗いている。

曽根が目をパチクリさせて、

「あれって、もしかして……」

「エリカさんよ」

信号が青になり、車が走り出す。

エリカが手を振った。曽根はポカンとして見送っていたが、

「――知り合い？」

「まあね」

沙也は、思わせぶりな言い方をして、「どこで話す？」

「ちょっと――郊外までドライブしようかと思ってたんだけど」

「遅くなれないの。父が入院してて」

「そう。じゃ、車を置いてあるから、そこのホテルのコーヒーハウスで」

曽根について、町の中の小さなホテルへ入って行く。

「――それで、話って?」

コーヒーを飲みながら、曽根が訊く。

沙也はストレートに、

「曽根さん、涼子の部屋で何を捜してたんですか?」

と訊いた。

曽根が凍りついたように動かなくなって、沙也を見つめた。

23 懐(なつか)しい感触

曽根の反応を見て、沙也は自分の言ったことが図星だったと知った。

「そうなんですね」

と、たたみかける。「涼子と付合ってたなんて、でたらめじゃないんですか? 本当のことを言って」

曽根はコーヒーをあわてて飲み干すと、

「ちょっと! コーヒー、入れて」

と、ウエイトレスへ声をかける。

少しでも時間を稼いで、どう答えたらいいか考えようとしているのか。——沙也はその曽根のあわてぶりを見て、却って「この人、少なくとも正直なのかも」と思っていた。

もともと嘘つきで、涼子との仲についてもでたらめを言っているとしたら、沙也のひと言でこんなに取り乱さないだろう。とっさにうまく言い逃れるか、ごまかすか。

いずれにしても、涼子の死を悲しんでばかりいたわけでないことは確かだが。

「——どうして分った？」

二杯目のコーヒーを一口飲んで、曽根はやっと言った。

「私、涼子の机の引出しを見ました。誰かがかき回してた。あそこで『一人にしてくれ』と言ったのは、曽根さん、あなたです」

曽根は肯いて、

「確かに。——どうしても見付けたいものがあったんだ。でも、涼子と付合っていたのは本当だよ」

「どうしても見付けたいものって？」

「それは……プライベートなことだから」

と、曽根は言葉を濁して、ふと気付いた様子で、「しかし、君はなぜ涼子の引出しを覗いたりしたんだい?」

そう訊かれると、沙也も答えに困る。

「――プライベートなことで」

と、沙也は言ってやった。

曽根はホッとしたように笑って、

「じゃ、僕らは同じ立場ってわけだ」

「曽根さん、その捜しものは、見付かったんですか?」

「いや、だめだった。君は?」

「私もです」

――果して、二人が捜しているのは同じものなのだろうか?

沙也は咳払いして、

「曽根さん。私もあなたも、涼子のいい友人でした。でも、事情があって、二人とも何かを捜している。ここは正直に――」

と言いかけた。

そのとき、曽根のケータイが鳴った。

「失礼。――もしもし。――あ、僕だよ。――うん、今外にいる。――いいよ、もちろん」

話し方で、相手は女の子だろうと分る。

曽根は通話を終えると、

「悪いけど、これから出かけなきゃならないんだ」

と、早くも立ち上って、「お互い、干渉しないことにしよう。プライバシーには立ち入らない。いいね？」

返事など待っていない。

沙也が何も言わない内に、テーブルの伝票を手にさっさと行ってしまった。

「もう……」

沙也は少なからず傷ついていた。

曽根が何と言おうと、何を捜していたのか、白状させてやる！

家へ帰ると、弟の和人が一人でTVを見ていた。

「お母さんは？」

「寝てる」

和人はTVから目を離さずに言った。

「あんたもTVばっかり見てちゃだめよ。早く寝な」

と、沙也が言うと和人が笑い出した。

「何がおかしいの？」

「姉さんの言い方、母さんとそっくり」

「親子だからね」

と言い返したが、内心ドキッとした。

両親の寝室へ行って中を覗くと、母、雅代がベッドで深い寝息をたてて眠っている。

父の容態が一応安定しているので、安心したのだろう。ぐっすりと寝込んで、少々のことでは目を覚ましそうもない。

「ごゆっくり……」

そっとそう言って、沙也は静かに寝室のドアを閉めた。

父が普通の病室に戻るまでは、沙也もアパートへ帰る気になれなかった。

学校までは、この家から大分遠いが、仕方ない。とりあえずはここから通うことにしよう。

——お風呂(ふろ)から上って、パジャマ姿で寛(くつろ)いでいると、ケータイが鳴った。

「あ、みどり？」

友人の吉川みどりである。

「沙也、お父さん大変だったね」

と、みどりが言った。

「うん。でも手術が上手くいって」

「良かったね。今、アパート？」

「違う。家に戻ってる。父の様子を見ながら、行ったり来たりかな」

と言ってから、沙也は初めて気付いた。

父が倒れて、一家の収入は大幅に減るだろう。むだな出費は削らなくてはならない。

そうなれば……。

「――もしかすると、アパート引き払って帰ってくるかも」

と、沙也は言った。

「せっかく一人になったのにね」

「仕方ないよ」

「そうね。お父さんが元気になれば、また機会がある」

「うん……」

沙也は、新しいＣＤや映画の話を少ししてから、「――ね、みどり。父のこと、どうして知ってるの？」

少し間があって、

「――立川さんから聞いた」

と、みどりが言った。

沙也はハッとした。

みどりと立川が親しくしていることを、すっかり忘れていた。

同時に、立川が沙也の父の倒れたことを、みどりに話しているのだと知って、少しいやな気分になった。

「そう。——立川さんには色々お世話になったの。父の入院先も紹介してくれたし」

「そうだってね」

何となく、二人の話は途切れてしまった。

「——じゃ、沙也。またかけるね」

「うん。ありがとう」

通話を終えて、沙也は手の中のケータイを何となく見ていた。

そして、今になって気付いた。

みどりが、立川と沙也の間を疑っているということに。

沙也がアパートを引き払うかもしれないと言ったときの、みどりの反応。あれは安堵の気持だった。

一人暮しより、自宅へ毎日帰っていれば、立川と会ったり泊ったりしにくくなる。

みどりはそう思ったのだ。

沙也は何となく寂しかった。

仲のいい友だち同士、たった一人の男のことで、こんな風に気まずくなるなんて。

立川が、沙也の父の入院など、あれこれ手を尽くしてくれたことが、みどりにしてみれば面白くないのだろう。

その気持は分らないこともないけれど……。

人の気配に顔を上げると、母が寝衣姿で立っている。

「お母さん！　びっくりした。――起きちゃったの？」

「今、電話がなかった？　病院から」

「病院？　何もないよ」

「そう……。じゃ、夢だったのね」

と、母が肩の力を抜いてソファに身を沈める。

「夢、見たの？」

「うん……。病院から電話がかかって来て、お父さんの容態が急に悪くなったって……」

「いやな夢。手術は成功したんだもの。心配ないよ」

「そうね……。夢なのか、現実なのか、自分でも分らなくなっちゃうのよ」

と、母は欠伸をした。「――沙也、明日も学校でしょ。アパートに帰らなくていいの？」

「ここから通う。少し遠いけど」

「そうしてくれる？　悪いわね」

と、雅代は肯いて、「もう寝たら？」

「うん」

沙也は立ち上って、「——お母さん、肩もんであげようか」

「いいわよ、そんなこと。早くやすみなさい」

「久しぶりだからさ」

沙也は母の後ろに回って、肩をつかんだ。

「沙也……」

「お母さんにまで倒れられたら、困っちゃうもの」

「私は大丈夫」

「少しもませてよ」

本当に久しぶりに、沙也は母の肩をもんだのだった……。

24　光の中へ

どうして、こんな所に？

──沙也は立派なオフィスビルのロビーに何となく居心地の悪い思いで座っていた。

約束の時間は五分ほど過ぎていたが、それくらい待つのはどうってことない。

昼休みが終って、サラリーマンやＯＬがゾロゾロとビルへ戻ってくる。

一時を十分ほど回って、ロビーもすっかり静かになったところへ、足音も高くやって来た姿は──あの、エリカを救ってくれた〈ヒトミ〉である。

沙也は立ち上って、

「お忙しいのにすみません」

「どうだ、元気か」

「おかげさまで」

「お前のことじゃない。エリカちゃんのことだ！」

と、〈ヒトミ〉は沙也をにらんで、それから明るく笑った。

「あのときはありがとうございました」

「いや、エリカちゃんの役に立てりゃいいんだ」

〈ヒトミ〉はソファにかけて、「まあかけろ。──俺がすすめるのも妙なもんか」

「ここ、〈ヒトミ〉さんの勤め先ですか」

「そんなわけねえだろ」

「じゃあ……」

「ちょっと商売に来たのさ」

「商売？」

「ここの社長が、若い女をマンションに置いてたんだ。そしたら女が以前の彼氏と続いててな」

「へえ……」

「怒った社長が、女に暴力を振った。俺は弱いもんの味方だからな」

「そうなんですか」

「意外そうな顔するな」

「すみません」

「ま、殴られてまだ顔のはれ上ったままの女に代って、社長から慰謝料をふんだくってやろうと親切心を起こしてな」

「はあ……」

沙也は少し考えて、「要するに、ゆすりですね」

「人聞きの悪いこと言いやがって！」

と、〈ヒトミ〉は渋い顔で、「――しかし、その通りだ」

沙也はつい笑ってしまった。

「それで、うまく行ったんですか」

「ああ。少し手間取ったがな」

〈ヒトミ〉は、ちょっと右手を振った。

「あの……右手、痛めたんですか？」

「手より、この手が当った相手の方が、もっと痛かったと思うぜ」

沙也は、あまり深く考えないことにして、

「あの、これ……」

と、手さげ袋から、エリカのサイン入り色紙を取り出した。「エリカさんがよろしくってことでした」

「――あの子のサインか！　凄(すご)い！　〈ヒトミさんへ〉、って書いてある」

〈ヒトミ〉の感激の仕方は、まるで中学生か高校生というところ。

「それと、エリカさんの生写真です」

「おい……。すまなかったな。いや、お前をおどすような真似(まね)して悪かった。お前はいい奴だ」

「どうも……」

と、〈ヒトミ〉は感動で胸が一杯、という様子で、沙也の手を握りしめた。

あまりにオーバーな感謝の表現に、沙也の方が照れくさくなってしまう。

「――一つ、お願いがあるんです」

　と、沙也は言った。

「何でも言ってくれ。好きなものをやるぞ。拳銃でも機関銃でも」

「そんなもの、いりません」

　と、沙也はあわてて言った。「あの——涼子の部屋にあるって言われたネガなんです。捜しましたけど、見付からなくて……。一週間たって、見付かってなかったら、私、どうなるんですか？」

「その話か」

〈ヒトミ〉はガラッと態度を変えて、「それは問題が別だ」

「ずるい！」

　と、沙也は口を尖らした。

「ま、殺しゃしない。その点は安心しな」

「本当に？」

「ああ。——少し痛い思いをするくらいだ」

　却って怖い。

「一体それって何のネガなんですか？　涼子がどうしてそんなものを持ってたの？」

　と、沙也が訊くと、

「——本当は、しゃべっちゃいけないことになってるが、お前のことだ。一つだけ教えてやろう」

と、〈ヒトミ〉は言った。「お前の友だちは、曽根って医学生と付合ってた」

「え……」

「その男が、涼子にそのネガを預けたんだ」

沙也は言葉を失った。

「ネガに写ってるものについちゃ、何も知らない方がいい」

と、〈ヒトミ〉は言った。


ＴＶ局の玄関を入ると、ロビーのソファから立川が手を振った。

「立川さん！――エリカさん、ＴＶに出るって、本当？」

ケータイの留守電メッセージを聞いて飛んで来た沙也だった。

「前から話のあった、連続ドラマの主演が決ったんだ」

立川も上機嫌だ。

「エリカさんもやる気なんですね」

「ああ。ホテル住いで、毎日ＴＶを見てるしかないだろ。そうすると、ライバルたちを毎日見ることになる。――当人の方から、『仕事に戻る』って言い出した」

「じゃ、もう立ち直ったのね」

「ああ。今は恋より仕事さ」

「良かった！」

沙也はホッとした。

思いを寄せていた妻子持ちの男は、もう二度と戻って来ないだろう。エリカが仕事に打ち込んで、傷がいやされるなら、何よりのことだ。

「今、着替えをしてる。じき、ここへ来るよ」

と、立川は言った。「ドラマの制作発表記者会見がある」

「晴れの舞台ですね」

と言って、沙也はふと、「――大丈夫ですか？　手首の傷……」

と、小声になる。

「金持の令嬢の役だから、フォーマルなスーツ姿になって、白い手袋をはめる。手首が隠れる長いのをね」

「さすが」

「僕のアイデアなんだ」

と、自慢げに言う姿が、何だか可愛くて、沙也は笑ってしまった。

少し間が空いて、

「――お父さん、どうだい？」

と、立川が訊いた。

「おかげさまで、順調に回復してます」

「そいつは良かった」

「入院は長くないそうですけど、もう父も五十ですし、回復はゆっくりなんですって」

「焦ることはないさ。といっても、君やお母さんは大変だろうけど」

「弟はまだ中学生ですから……。私、学校どころじゃ――」

と言いかけて、沙也はハッとした。「立川さん。それじゃ、私のバイトもおしまいですね」

「どうして？」

「だって――エリカさんの身代りになる必要ないじゃありませんか。あの恋はもう終ったのに」

立川が答えない内に、局のスタッフが呼びに来て、二人はスタジオの中にしつらえてある〈新ドラマ制作発表記者会見〉の席へと急いだ。

控室になった小部屋に、見違えるように大人びて落ちついた雰囲気のエリカが座っていた。

「エリカさん、おめでとう」

「ありがとう」

白手袋をはめた手で、エリカは沙也の手を取った。

同じ控室に、沙也も顔をよく知っている役者たちが四人も五人も揃っている！

沙也もいささか興奮していた。

そして――スタッフが汗を拭き拭き駆け込んで来ると、

「今、秋津さんが到着しました！」

秋津って……。

「共演、秋津竜なんですか？」

と、沙也は小声でエリカに訊いた。

「ええ、そうなの」

「わあ……」

今、一番輝いているスターの一人である。

「じゃ、すぐ始めます！」

どうやら、大スターの到着を待って、会見の開始が遅れていたようだ。

「袖にいるよ」

立川はエリカの背中をポンと叩いて、「しっかり！」

と言った。

秋津竜の長身を先頭に、エリカがそれに続いて会見の席へと出て行くと、集まっていたカメラのフラッシュが一斉に光る。

まぶしい光を浴びたエリカを袖で眺めて、沙也は自分のことのように、胸が熱くなったのだった……。

25　突発的行動

記者会見が始まると、沙也は会場の隅に立って、その様子を眺めていた。

ズラリと並んだスターたちの中でも、やはりエリカは秋津竜と共に、目立っていた。

スターの輝き。それはたとえ当人がどんなに辛い恋に泣いていても、悩んでいても、消えることはないのだ。

長身で二枚目の秋津竜は、芸能リポーターの質問にも面倒くさそうに短く答えるだけで、あまり印象がいいとは言えなかった。

エリカは、リポーターから、

「秋津さんの印象は？」

と訊かれて、

「憧れのスターでした。隣に座ってられるなんて夢みたい」

と、嬉しそうに言った。

次に秋津がエリカの印象を訊かれると、

「今日初めて会ったばっかりだからね」

と、素気なく言って、「これからゆっくり付合いますよ」

と付け加えた。

気が付くと、立川がすぐそばに立っていた。

沙也は、

「あのこと、訊かれない？」

と、小声で立川に訊いた。

「手首の傷のこと？」

「それは隠してるでしょ。あのパーティでのこと、ばれてないの？」

「大丈夫。それに、秋津竜の事務所から、『プライベートな質問は絶対しないこと』

って、どこも念を押されてる」

「大手だものね、あのプロダクション」

と、沙也が言うと、

「それって、うちが弱小プロダクションだって言いたいのか？」

と、立川がにらんで、「ま、確かにそうだけど」

沙也は笑い出しそうになって、何とかこらえた。

「では、他にご質問がなければこの辺で――」

と、司会役の男性が言いかけると、パッと立ち上った女性が、

「エリカさん、一つ伺いたいんですが」

と、声を上げた。

「まずい」

と、立川が呟いた。「誰が呼んだんだ、あんな奴！」

「はい、どうぞ」

と、エリカがマイクをつかんだ。

「先日、あるホテルのレストラン前で、あなたが父親と大ゲンカしていたという噂が
ありますが、事実ですか」

司会者があわてて、

「あの、そういう質問は――」

と言いかけたが、

「私は何も聞いてません」

と、質問した女性ははねつけて、「ご返事は？　お父さんとの間に、何かもめごと
があったんですか？」

エリカが答えられずに、ただじっとマイクを握りしめている。

沙也は、せっかく仕事を前に、輝きを取り戻していたエリカがまた落ち込んでしまうのではないかと気が気ではなかった。

「あれ、私だったのに」

と、沙也は言った。

エリカは何も知らないのだ。手首を切って眠っていたのだから。

「――ご返事がないのは、事実だと思っていいですね？」

無茶を言って！――沙也は腹を立てた。

「あの……何のお話か分りません」

エリカはやっと言った。

「目撃した人がいるんです。憶えてないことはないでしょ？」

女性記者はたたみかけるように言った。

沙也は思わず立川の腕をつかんでいた。

「やめさせて！　ねえ！」

「無理だ。こんなときに事務所の人間がノコノコカメラの前に出て行けないよ」

「だけど――」

「エリカが何も知らない、と押し通せばいいんだが……」

エリカは動揺している。

そのこと自体には覚えがなくても、父親に関しては話せない秘密を抱えている。おそらく、否定も肯定もできずにいるのだろう。

司会者も止めようとしなかった。

沙也は、後のことなど考えずに、会見のテーブルの方へ、人をかき分けて歩き出した。

「おい、沙也君！」

立川があわてて止めようとしたが、追いつかなかった。

沙也はエリカの前へ進み出ると、

「待って下さい！」

と、大きな声で言った。「それはエリカさんじゃありません！」

突然、見たこともない女の子が出て来たので、居合せたリポーターや記者はびっくりしている。

「邪魔しないで。あなた、誰？」

と、女性記者が言った。

「私――エリカさんの事務所でアルバイトしてるんです」

と、沙也は言った。「あの……ちょっとデートするのに、エリカさんの服やサングラスを勝手に拝借して、そのレストランへ行ったんです」

エリカがびっくりしている。

沙也は、エリカのマイクをつかむと、

「その男の人は、私をエリカさんと思い込んだみたいで、レストランの外で待ってて、私の腕をつかんで、『エリカ!』って呼びかけたんです。周りに人がいましたから、それに気付いた人もいたと思います。私、怖くなって、その人の手を振り払って逃げ出しました」

沙也は早口で一気に言った。

誰もが、思いがけない展開に面食らっている。

「あの人は、エリカさんのお父さんなんかじゃない、そう思い込んでるだけの人だと思います。だって、自分の娘かどうかも見分けがつかないなんて、父親なら考えられないでしょ。——でも、ともかく勝手に服を借りたりして、エリカさん、ごめんなさい」

沙也はエリカの方へ頭を下げると、マイクを置いて、会場から足早に出て行った。

エリカを問い詰めていた女性記者が啞然(あぜん)としている間に、司会者が、

「それでは、写真撮影に移らせていただきます! セットしますので、少しお待ち下さい」

と言った。

一斉にカメラマンたちが前の方へ出て来て、会場はすでに「会見終了」の雰囲気。

エリカは秋津に何か話しかけられ、ホッとしたように笑った。

ロビーを急ぎ足で抜けたところで、

「沙也君！」

と、立川が追いかけて来た。「待てよ。——君って足が早いんだな」

「すみません、勝手なことして」

沙也自身、どうしてあんなことができたのか、ふしぎだった。

「いや、名演技だったよ」

「ただ、エリカさんをそっとしておいてあげたかったの。今が大切なときでしょ。それなのに、あんなことで……」

沙也は、立川の方を上目づかいに見て、「私、まずいことしました？」

立川は息を弾ませながら、笑った。

「いや、あんな手があるとは思わなかった。——ありがとう。君の方がエリカのマネージャーのようだ」

沙也は少し頬(ほお)を染めて、

「良かったわ。少しはお役に立てたかしら」

「もちろんさ！　しかし……」

立川は、チラッと周囲を見回し、「君はやさしい子だな」

と言うと、沙也の額に唇を触れた。

沙也は素早く身を引いて、

「やめて下さい」

と、目を伏せた。「みどりが怒ります」

立川が一瞬ドキッとした表情になる。

「みどりを悲しませないで。大切な友だちなんです」

「――分った」

立川は肯くと、「ともかく、控室へ戻ってくれ。今後のことを話し合おう」

と、沙也の肩を抱いて言った。

――引き上げるマスコミと顔を合せないように、沙也は少し様子を見ていた。

控室へ戻ったときには、もうエリカも戻っていて、沙也が入って行くなり、

「沙也さん！　ありがとう」

と、駆け寄って、沙也に抱きついた。「一人ぼっちになった気分で、怯えてたの。

あなたが出て来てくれなかったら、私、あの席から逃げ出したかもしれない」

「私、ただエリカさんに、安心して仕事してほしいだけです」

と、沙也は言った。

「私、頑張るわ」

と、エリカは微笑んだ。「収録が始まったら見に来て」

「はい、ぜひ」

と、沙也は言って、「あの――弟を連れてってもいいですか？　少しは姉のことを尊敬すると思うんで」

と訊いたのだった。

26　逃亡と死と

「あの衣裳はひどいよね」

「ねえ！　私も同感」

「私はヘアスタイルの方がひどいと思う。ただでさえ、あの子、丸い顔してるのに、あの髪じゃ、それこそまん丸に見えちゃう」

――スタイリストを目指す女の子たちのお昼休みの話は、TVのドラマやバラエティに登場するタレントたちの、服のセンスやヘアスタイルの「採点」。

沙也は、一緒にお昼を食べながら、話には加われなかった。

父の入院で、TVを見ている時間もなくなっていたが、それだけでもない。

実際、ドラマでも何でも、TVに出ているタレントや役者たちには、本職のスタイリストやヘアメイクのプロが大勢ついているのだ。

エリカのそばにいるようになって、そういう現場を見てしまうと、まだ勉強中の身で、とてもあれこれ分ったようなことを言えなくなってしまう。

実際、もしここにいる子たちが突然タレント一人を任されたりしたら、どうしていいか分らず、途方に暮れてしまうに違いないのだ。

でも、こうして友だちの間で、「ああでもない、こうでもない」とやっていると、思いがけない見方を知ったりすることもある。

「――あ、秋津竜だ」

一人が言った。

TVがついていて、映っているのは、二日前のあのドラマの制作発表記者会見。

「私、大好きなの！」

「ねえ、すてきだよね」

「私、好みじゃない」

と、やはり色々「評価」が分れる。

「エリカだ」

　ＴＶの画面で見るエリカは、一時より少しやせて色白になり、却って美人になったとも言える。

　あの席が、ＴＶに映るとこう見えるのか、と沙也は思った。

　父、小田広和が無事に普通病室へと移ったので、沙也も安心して学校へ来ている。母、雅代も今はあまり無理しないようにして、それでも毎日父の病室へと通っていた。

　――むろん生活の先行きに不安はあったが、それは沙也一人が心配していても仕方ない。

「あれ？　沙也じゃない？」

　一人が声を上げた。

　まさか！――びっくりしてＴＶを見た沙也は、正に自分がマイクを手に釈明している姿を見たのだった。

　あんな場面、カットされると思ったのに！

「エリカさんの事務所の方の説明では、彼女はエリカさんの個人的な友人でもあるということでした」

　と、女性リポーターがコメントしている。

映ったのは、ほんの数秒だったが、それで充分。——周囲の目が一斉に沙也へと向けられた。

「あの——ちょっとお先に！」

沙也はあわてて学校の休憩室から逃げ出した。


「ああ、びっくりした！」

まだ昼休みは三十分くらい残っている。

沙也は学校を出ると、近くのコーヒーショップへ入った。

大きなマグカップ一杯のコーヒーを持って、カウンターの席に腰をかけると、ケータイが鳴った。

「——もしもし」

「見たかい？」

立川だ。

「学校で。みんなにジロジロ見られて逃げ出して来ました」

「僕も知らなかったんだ。しかし、自分がＴＶに出た気分、どうだい？」

立川は明らかに面白がっている。

「出たっていっても……。次に出るとすれば、何か悪いことして捕まったときですかね」

　と、沙也は言った。「エリカさん、大丈夫ですか？」

「ああ。今日から例のドラマの収録でね。今日はスタジオなんで、今僕も一緒さ」

「立川さん、エリカさんに余計な心配させないようにしないと」

「言われたね」

「ごめんなさい。生意気言って」

　沙也は赤面した。

「そうだ。この前、エリカを助けてくれた人――〈ヒトミ〉っていったっけ？　どうやらあのときの顔役と話をつけてくれたらしい。もうホテル暮しをする必要がなくなったよ」

「良かったですね。あの色紙と写真が効いたんですよ、きっと」

「ああ。もし会ったらよろしく言っといてくれ」

「そう会うことないですよ」

　と、沙也は笑った。

「あ、休憩らしい。それじゃ、また連絡するよ」

「エリカさんによろしく」

　と言って、沙也は通話を切った。

カウンターの隣の椅子に、コーヒーカップを手に誰かが座った。何気なく見て、二、三秒してからギョッとした。

──〈ヒトミ〉である。

「やあ」

と、ニヤニヤしている。

「どうも……」

偶然とはいえ、こんな所で……。

「お前もTVに出る身になったのか」

「見てたんですか？　よくそんな暇がありますね」

と、いやみを言ってやった。

「なかなかよく映ってたぞ。子供番組なら、着ぐるみなしでも充分笑ってもらえる」

「ケンカ、売りに来たんですか？」

と、沙也は訊いた。

「いやいや、ちょっと〈ネガ〉のことでな──」

言われて、沙也は青くなった。

「ご、ごめんなさい！　生意気なこと言って。あの──父の入院で忙しくて……」

「まあ落ちつけ」

「いやです。痛い目にあうの、好きじゃないんで」

「今日のところは大丈夫だ」

「——明日は？」

「明日も大丈夫だ」

「あさっては？」

「たぶん、大丈夫だろ」

「怪しい！」

「それよりな、例の学生さん」

「曽根さんですか」

「そうだ。奴が姿をくらました」

「そんな……。せっかく医学部に通ってるのに」

「人間、欲を出し始めると、学生もヤクザも同じさ。楽して儲けるのに慣れたら、誰が地道に働く？」

ヤクザに説教されたくないと思ったが、むろん口には出さない。

「——逃げるなんて、馬鹿なことをしたもんだ。すぐ見付かるのに」

「もし、見付かったら？」

「ま、次の日には海の底だな」

沙也は絶句した。

「——俺がこんなこと言っちゃまずいんだが、もし奴が何かお前に言って来ても、かくまったりするなよ。一緒に片付けられる」

「ゴミじゃないんですから」

「生きていたきゃ、警察へ駆け込むことだ。——それしか手はない」

「もし……話すことがあれば、必ず伝えます」

「ああ、そうしてくれ」

〈ヒトミ〉はコーヒーをガブ飲みして、「何て量が多いんだ、ここのコーヒーは。ビールの大ジョッキだな、まるで」

「そこへ置いといて下さい。一緒に持って行きますよ」

「自分のことは自分でやるさ」

と、〈ヒトミ〉は椅子から下りて、「死んだお前の友だちだが——」

「涼子ですか」

「北山って男を知ってるな」

「あの——スカウトマンの」

「そうだ。北山が殺された」

沙也は息をのんだ。

「俺たちがやったんじゃないぞ。涼子って娘と同じ手口だったとか」

「同じ犯人？」

「用心しろ、お前も」

そう言うと、〈ヒトミ〉は、やっと飲み干したカップを手に、「小カップを頼みゃ良かった……」

とブツブツ言いながら、器の置き場へと歩いて行った。

——北山が殺された。

沙也は、急に不安になって、思わず店の中を見回したのだった。

27　容疑

TVの威力というのは大したものである。

ワイドショーの中の、ほんの何秒間か画面に出ただけで、沙也には、もう忘れかけていた中学、高校時代の友だちから電話がかかって来た。

もちろん、弟の和人もからかい半分ではあるが、

「スターを姉に持つと、もてて困るよ」

なんて言っている。

「いい加減にしてよね」

と、一人になると沙也は呟いていた。

母も真面目な顔で、

「お前、芸能界に入りたいの？」

なんて訊いて来る。

「私は、スタイリストになりたいの！」

と、沙也は大声で言い返して、

「お静かに」

と、注意されてしまった。

父の入院している病院の中だったのである。

「すみません」

と謝っておいて、「お母さんが変なこと言うから！」

「だって……」

「私が芸能人に向いてると思う？」

「まあ、今はね、色々美人のイメージも変ってるから」

「どういう意味？」

「お母さんだってね、若いころは映画に出ないかって誘われたのよ」

「初耳だ」

「通行人だったけどね」

「じゃ、ただのエキストラじゃない」

母にも意外な一面のあることを、沙也は発見したのだった……。

「――小田さん」

と、看護婦に呼ばれた。「小田沙也さん」

「私ですか？」

「お客様が一階のロビーに」

病院に客？――立川だろうか。

今、立川はエリカのドラマ収録にずっとついているので、このところ連絡がない。

ともかく、一階へ下りてみると、外来患者で溢れている。

キョロキョロしていると、

「――やあ」

振り向くと、あまり会いたくない顔――高林刑事である。

「何かご用ですか」

と、ロビーの隅へ行って、沙也は訊いた。

「まあ、用があるからやって来たわけでね」

と、高林はニヤニヤしている。

「そうですね。じゃ、何のご用ですか」

「TVに出演しているのを見たよ。TVに映ると、可愛く見えるもんだね」

「それを言いに、わざわざ？」

「北山のこと、知ってるね」

沙也の顔が少しこわばった。

「殺されたって……。TVのニュースで見ました」

「刃物で喉を切られてね。君の友人、三原涼子君のときと同じ手口だ」

「同じ犯人ですか」

「それは調べてみないとね。しかし、君の友人が二人、同じ手口で殺されるというのは、珍しいことだ」

「待って下さい。涼子は友だちだったけど、北山さんは違います」

「二人で親しげに話していたのを、私がこの目で見てるよ」

「親しげに、だなんて！　私、北山さんに訊かれて、涼子のことを話しただけです」

「そうかもしれん。しかし、もう事実は確かめようがないからね」

「何が言いたいんですか？」

沙也は苛々して言った。

「男が一人、女が二人。——当然、一人は余る」

「それって——北山さんと涼子と私ってこと？」

「もし、君と北山が前からの知り合いなら、涼子君の出現で、君から北山が離れて行ったとも考えられる。君は涼子君と争いになって……」

沙也は唖然とした。

「私が——涼子を殺したっていうんですか？　北山さんも？」

「今は何が起ってもおかしくない時代だからね」

高林は冷ややかな笑みを浮かべて、「証拠が出れば、また会いに来る」

「お好きなように！」

と、沙也は言ってやった。

高林は、のんびりと外来患者たちを見回して、

「世の中、病人ってのは大勢いるもんだ」

と、ひとり言のように呟くと、ロビーから出て行った。

「冗談じゃないわよ！」

思わず、腹が立ってそう口走った。

——本気だろうか？

もし、高林が本当に沙也を疑っているのなら……。

私がナイフで人の喉を切り裂く？

「やめてよね……」

カマボコだって、切ると厚さもまちまち、真直ぐ行かずに斜めに切ってしまう不器用さなのに。

でも、これでもし、あの曽根までが殺されたりしたら……。

「三人分まとめてあの女がやったことにしとこう」

とでも話がまとまったりして……。

警察もそこまでいい加減じゃないだろうけど。

ともかく、沙也はため息をついて病室の方へ戻ろうとした。

ケータイが鳴る。立川からだ。

「もしもし」

と出ると、

「沙也君、悪いが今すぐ来てくれ」

立川だ。何かひどく焦っている。

「分りました」

また、エリカに何かあったのだろうか？

しかし、立川の口調は、エリカが手首を切ったりしたときと、どこか違っているように思われた。

場所はHパークホテルの最上階。

沙也は母へひと言声をかけて、急いで病院を出た。

立川はロビーで待っていた。

夕刻で、チェックインする客が出入りしている。

「すまないね」

立川に腕を取られてエレベーターへ。

「——何ごとですか?」

「ここのホテルのプールで撮影なんだ」

と、立川が言った。

「へえ、優雅ですね」

「それがね、台本だと、夜のプールサイドをエリカが秋津竜と二人で手をつないで歩きながら話をするだけだった。ところが——」

エレベーターが最上階に着いた。

「こっちだ」

と、廊下を急ぎながら、「演出家が、それだけじゃ面白くない、と言い出した。酔ったエリカが、ふざけてプールのへりを歩いてる内、バランスを崩してプールへ落っこちるってことにしたい、というんだ」

「服のまま?」

「そう。いや、エリカはやってもいいと言ってる。しかし、問題は手首の傷だ」

「まだ治らないんですか?」

「良くはなってる。しかし、見れば分るし、せっかく治りかけているのを、濡らして
また悪化させても……」

　スタッフが待っていた。

「——中へ入ろう」

　部屋の中へ入ると、エリカがベッドに座っていた。

「沙也さん、ごめんね」

「いいえ。——でも、元気そうでホッとしました」

「悪いわね、いつも妙なことばかり押し付けちゃって」

「え?」

　沙也が面食らっていると、ドアからスタッフが顔を出して、

「ディレクターが、代りの子に会いたいと言ってます」

「待ってくれ。すぐ連れてく」

　と、立川が言って、ドアを閉めた。

「あの……もしかして……」

と、沙也は恐る恐る言った。

「私が、エリカさんの代りにプールに落ちるんですか?」

「あら、立川さん、話してなかったの?」

「話がそこまで辿り着かなくてね」

「沙也さん!　お願い!　私、本当は自分でやりたいのよ。でも……」

エリカにしっかり手を握られて頼まれたら、いやとは言えない。

「──分りました」

と、沙也は言った。「替えの下着くらい、買って下さいね」

28　水しぶき

夜になって、プールサイドに色とりどりの照明がつく。

エリカと秋津竜の二人が、プールサイドを、手をつないで歩く。

エリカは少し酔った演技で、声が高い。

「OK、それでいい」

ディレクターが上機嫌で、「エリカ君、毎回良くなるね。その調子だ」

——沙也は、プールサイドの隅の方に立って、その様子を眺めていた。

髪はエリカと同じようにセットしてある。服も同じもの。

「今のTVは細かいところまで良く映るからね」

と、立川は言った。「同じ衣裳を揃えるのが大変だった」

プールサイドでは本番の準備が進んでいる。

「——落ちりゃいいんですよね」

「そうそう。一瞬だよ」

「人のことだと思って」

スタッフには、エリカが泳げなくて、水に入りたがらない、と言ってある。

本番のカメラが回り、二人の会話がプールサイドに響いた。

一度はエリカがセリフを間違え、一度は秋津竜が間違えた。

三度目でOKが出る。

「はい、じゃ、プールへ仰向けに、背中から落ちそうになるエリカ君のアップ。『アーッ！』と叫んで両手を振り回してね。——大丈夫。ちゃんと落ちない位置でやる」

いよいよか。

——歌番組での後ろ姿と足だけの吹き替えはやったが、今度はドラマだ。

いささか緊張する。

エリカのアップは、一回でＯＫになり、

「はい、それじゃ代りの子」

と呼ばれた。

沙也は、プールのふちぎりぎりの所に立って、プールの方へ背を向けた。

「よし、それで今のエリカ君のように、両手をグルグル回して、こらえ切れなくなって落ちる。いいね」

そううまく行くのかね？――ともかくやるしかない。

「そうか」

立川に、今日の日当はいつもの倍にして、と言ってやるんだった。もう遅い！

「じゃ、行くよ。――はい、本番！」

いきなりである。

沙也は精一杯両手を振り回し、

「アーッ！」

と叫んで、プールへザブンと落っこちた。

意外に深くて、やっと足が届く。何とかプールのへりに手をかけて、ＡＤに引っ張り上げられた。

濡(ぬ)れた服の重さにびっくりする。

「――ご苦労さん、良かったよ」

と、ディレクターが言った。

「ありがとうございます」

水が目に入って、少ししみる。バスタオルをもらって、拭いていると、

「しかしね……」

と、ディレクターが続けた。「落ちるタイミングが……。うーん、もう一回やってみよう」

「は？」

と、沙也は思わず声を上げた。

仕方ない。――しかし、「もう一回」と言っても簡単じゃない。

服はもうずぶ濡れだから使えない。

「もう一着ある。良かったよ」

と、立川が言った。

服だけじゃない。髪もびしょびしょだから、乾かして、またセット。それがかなり手間取った。

三十分近くたって、やっと二回目の本番。

「――アーッ！」

と叫んだ沙也。

できるだけ持ちこたえて、それからザブン。

鼻から水が入って、むせながら這い上ると、

「――タイミングは良かった」

と、ディレクターが言った。「うーん……。絵として見ると、どうも今一つインパクトが足りない」

「インパクト、充分ありましたけど」

「君はそう思っても、絵に迫力がないとね」

と、ディレクターは考え込んだ。「そう、水しぶきがね、小さいんだ。もっとバーンと派手に上がらないかな」

「それは私が頑張っても……」

「うん、分ってる。――落ちて行くところは今のでいい。水にザブンといくところを、別に撮ろう。もっと水しぶきが派手に上るように」

またやるの？

沙也はぐったり疲れてしまった。

「――悪いね」

と、立川が言った。「特別手当を出すからさ」

「当り前です」

と、沙也は鏡の前でふくれっつらをしている。

服の予備はもうないので、エリカの着ていたのを使うしかない。髪もまた乾かしてセット。

「風邪引いたら、治療代払って」

と、沙也は立川へ言った。

「――準備できました？」

と、ＡＤが呼びに来た。

「これでだめなら、もう着るものないですよ」

「大丈夫さ。頑張れ」

立川が、ポンと沙也の背中を押した。

沙也がプールサイドの同じ位置へと歩いて行くと、

「違う違う。今度はあそこから落ちるんだ」

と、ディレクターが言った。

「え？」

指さす方を見ると――高さ二メートルほどの飛込台。

その上にADが四人固まって立っている。

「——あそこから？」

「うん。やはりある程度の高さがないと、水しぶきが上がらないんだ。なに、大して高くないから」

自分で落ちてみろ！

よっぽどそう言ってやりたかったが、何とかこらえた。

今さらいやとも言えず、飛込台へ上ったが——。

「よし、じゃ行くぞ！」

と、ディレクターが手を振った。

とたんに四人のADが沙也の両手両足を持って、沙也の体はフワリと浮び上った。

「何するんですか？」

パニック状態の沙也の耳に、ディレクターの声が聞こえた。

「思い切り遠くへ投げろ！」

沙也にも分った。——分ったがどうしようもない。

「あの——こんなこと、聞いてないんですけど……」

「一、二の三で投げるぞ！——一、二の——三！」

弾みをつけて、勢い良く放り投げられ、沙也の体は一瞬宙に浮いて、止まったかに思えた。

少しの間の後――沙也の体は背中から水面に落下していた。

勢いが良かったので、体は完全に水中に沈んだ。

あわてて手足を動かしていると、足がプールの底についた。思い切り底をけって、やっと水面から顔を出す。

「――ＯＫ！　いい水しぶきだった！」

ディレクターは大喜びである。

沙也は必死の思いでプールのへりに辿り着くと、もう自力で這い上る気力もなく、たっぷり水を飲んで咳込んでいた……。


「いや、よくやってくれた」

立川に肩を叩かれても、今日ばかりは嬉しくない。

「私がやったわけじゃありません。私、ただ放り投げられただけで」

借りてあった部屋で、お風呂に入り、やっと生き返った沙也は、バスルームの鏡の前で、ドライヤーで髪を乾かしていた。

「――エリカさんは？」

「次の場面を撮るんで、ロビーに下りてる」

「そうですか」

沙也はバスローブ姿。——立川にそばにいられると、少し落ちつかない。

「あの——ロビーへ行ってて下さい。私、仕度したら下りて行きます」

「うん。それじゃ……」

立川は、沙也の首筋をそっと指先でなでると、バスルームを出て行った。

沙也は、部屋のドアの閉る音を聞いて、ホッと息をついた。

いささか腹は立てていたが、すんでみれば自分が役に立ったことで、あの怖い思いはもう忘れかけている。

でも——あんなの、私でなくたって。

誰でも良かったのよね。

沙也はドライヤーを置くと、バスルームを出て、服を置いてあるベッドの方へ歩いて行った。

突然、背後から抱きしめられ、声を上げた。

「立川さん——」

ドアの音だけさせて、出て行っていなかったのだ。

「立川さん、やめて……」

沙也は次の瞬間、立川の胸に顔を埋めていた。

だめ……。こんなこと……。

立川のケータイが鳴った。

ハッとして、沙也は立川を押し戻し、ベッドに倒れ込んだ。

29 哀願

過ぎてしまったことに、「もしも」はない。

――それは分っていた。

でも、考えないわけにはいかないのだ。

もし、あのとき、立川のケータイが鳴らなかったら。そして、エリカの用で、すぐロビーへ下りて来るように言われなかったら。

どうなっていただろう？

沙也は、立川がホテルの部屋から出ていった後も、しばらくバスローブ姿でベッドに座っていた。

立川は、何も言わずに出て行った。沙也も、言ってほしくなかった。

愛の言葉を囁(ささや)かれても、謝られても、沙也はそれを素直に受けることはできなかっただろう。

立川には、みどりがいる。――立川にとっては、みどりは「大勢の中の一人」かもしれないが、みどりにとっては違う。

そして、みどりは沙也の友だちだ。

立川の愛の言葉は、沙也を困らせるだけだったろう。

そして、もし立川が、

「あんなことをして悪かった」

と謝ったとしたら、

「謝るくらいなら何もしないで」

と、沙也は言い返していただろう。

沙也は、ベッドからじっと閉じたドアを眺めている自分に気付いて、ちょっと苦笑した。

「何を期待してるの」

と、自分に向って言う。「私には、こんなお芝居がかった恋なんか、似合わない……」

プールでエリカの代りに水に落ちる代役をつとめて、冷えた体をお風呂で暖めた。

そして、お風呂上りにバスローブをはおっていた。

その格好で立川に抱きしめられ、沙也はそれを拒まなかった……。

「——これで良かったんだ」

邪魔が入ったことで、結局何もなく終ったのだが、それで良かったのだ、と自分に言い聞かせる。

着替えをして、部屋を出た沙也は、ロビーへ下りて行った。

人だかりがしている。

秋津竜とエリカがロケをしているのだ。人が集まって来て当然である。

エレベーターを出た沙也を、立川は待っていたようで、すぐに見物客をかき分けてやって来た。

「沙也君——」

「何も言わないで」

と、沙也は遮った。「何もなかった。そうでしょ？」

「それは——」

「聞きたくないです。あなたも私もどうかしてたんだわ」

「それはそれとして——」

「だめ！　もう二度と、あんなことがあっちゃいけないんです」

沙也は、さっさと出口の方へ歩き出した。

「待ってくれ、沙也君」

と、立川が追いかけて来る。

沙也は足を止めると、

「まだ何か？」

と、振り返った。

「うん……。君に、まだ今日のギャラ、渡してなかったろう」

立川が封筒を取り出した。「これを渡そうと思って待ってたんだ」

沙也は真赤になって、

「そうならそうと、早く言って下さいよ！」

「だって、言おうとしたら君が『何も言うな』っていうから……」

「だって、私、てっきり……」

沙也は立川の手から封筒を引ったくるように取って、「帰ります！」

と、駆け出した。

正面玄関の自動扉は、サイズも大きいのでゆっくりと開く。駆けて行った沙也は
――。

「ああ、痛い……」

したたか自動扉のガラスに額をぶつけて、グチをこぼしながら、沙也はもう大分遅くなった夜の町を歩いて行った。

ケータイが鳴って、取り出してみると、

「公衆電話？」

病院にいる母からだろうか？　一瞬不安になる。

「もしもし。――もしもし？　お母さん？」

返事はなかった。

「もしもし。――もしもし」

いたずらだろうか？　肩をすくめて、切ろうとすると、

「沙也君か」

という声。

「――もしもし？　どなたですか」

「小田――沙也君だね」

やっと分った。何だかかすれて、別人のようだが。

「曽根さんですね」

少し間があって、

「うん……。出てくれてありがとう」

曽根の口調は、エリート医学生のものではなかった。心細げだ。

「だって、母からだと思ったんですもの」

「じゃ、僕と分ってたら、出なかった?」

「ともかく出たんだから、いいじゃありませんか」

と、沙也は言った。「それで、何のご用ですか?」

「あのね……」

少しためらいがちに、曽根が言った。「お願いだ。助けてくれ」

「助けて、って……」

「今、僕は逃げてるんだ。悪いことをしたわけじゃない。本当だよ」

沙也はあの〈ヒトミ〉の言葉を思い出していた。

「悪い奴らに追われてる。見付かったら殺されるかもしれないんだ。ね。沙也君、お願いだ」

追われるようなことをしたんでしょ、と言ってやりたかったが、さすがにそうは言いにくく、

「それなら警察へ行けばいいじゃありませんか」と、言った。

「それができないから頼んでるんじゃないか」

「どうして?」

「今、そんな説明はできないよ! ともかく切羽詰ってるんだ。お願いだ、助けてくれ」

かくまうようなことは決してするな。——〈ヒトミ〉の忠告だ。

曽根を助けて、こっちも追われるなんて、とんでもない話だ。

「曽根さん——」

「頼むよ。ね、涼子の親友だったんだろ？　彼女の代りに、僕を助けてくれ」

沙也は一瞬、言葉が出なかった。

涼子は死んだ。——曽根のせいかもしれない。しかし、涼子は曽根を好きだったのだろう。

いや、実際はどうだったのか？

今なら、曽根も本当のことをしゃべるかもしれない。

沙也は、一度だけなら曽根に会ってみようと思った。

助けるわけじゃない。警察へ行くしか生きのびる道はないと言ってやるためだ。

「——分りました。どうしたら？」

「ありがとう！」

曽根は今にも泣き出しそうだった。「この恩は一生忘れない！」

「大げさですよ。今、どこにいるんですか？」

「東京駅の近くだ。公園をウロウロしてる。情（なさけ）ないよ、全く」

「しっかりして下さい！　私も、大したことは——」

「分ってる！　あのね、お金がいる。現金をできるだけでいいから持ってきてくれ。二万円でも三万円でもいい」

「どこへ持って行けば？」

曽根は東京駅の駅前の信号の一つを指定した。

「そこに一時間後に来られるかい？」

「一時間ですか？　今、手もとにはお金……」

沙也は思い出した。

立川からもらった、今日のギャラがある。

「分りました。一時間後ですね」

「待ってる！」

曽根の叫びは切実だった。「それと、何かお弁当のようなものが欲しいんだ。何も食べてなくて」

「どこかで買って行きます」

「うん。——ありがとう、沙也君……」

曽根は本当に泣いているようだった。

——通話が切れると、沙也は少し後悔した。

せっかく〈ヒトミ〉が忠告してくれたのに……。

でも、涼子の彼氏だった男を、見捨てることはできなかった。

「一度だけだわ」

自分に向って、沙也はそう言い聞かせた。

30　緊急事態

コンビニでお弁当とお茶を買い、沙也は東京駅へ向った。

そう遠くない。たぶん約束の時間より早く着けるだろう。

地下鉄の駅で、改札口を入ろうとしていると、ケータイが鳴った。

曽根だろうか？　やはり公衆電話からだ。

「もしもし？」

「お姉ちゃん？　良かった！」

「和人？　何なの？」

父の病状が――。一瞬、血の気が引く。

「すぐ来て！　お母さんが倒れたんだ」

「倒れた……」

「少し眠りたいから、病院に来て、って電話があってさ、来てみたら、急に意識失って倒れたって……」

「分った！　すぐ行く」

　ケータイを切る手が震えた。

　仕方ない。——曽根へ連絡を取る方法がないのだ。

　ともかく今は母のことだ。

　気が動転して、病院へ行くのにどうすればいいのか、分らなくなってしまった。

　地下鉄の駅員に訊いて、やっとどこからどう乗り換えればいいのか分った。

「すみません。ありがとうございました」

　と、礼を言うと、

「大丈夫？　顔色がわるいよ」

　と、親切な駅員で、「少し休んでいくかい？」

「いえ、大丈夫です。母が倒れて」

「そうか。じゃ大変だ。——タクシーで行った方が早いんじゃないか？　お金、貸してあげようか」

　そうだった！——そんなことも思い付かないのだ。

　駅員は、表の通りへついて来てくれ、通りかかったタクシーを停めてくれた。

「じゃ、気を付けて」

「ありがとうございました」

沙也は、見も知らぬ駅員の親切が心にしみて、涙が出た。

——お母さん！　頑張って！

大丈夫。きっと何でもない。

沙也はそう信じようと必死に努めた。

——曽根との約束は、後回しにだ。

病院が近付くと、沙也はケータイの電源を切った。

曽根からかかって来ても、今はどうすることもできない。

病院が見えて来た。——暑くもないのに、沙也のこめかみを汗が伝い落ちて行った。


「——過労だね」

と、医師が言った。「今、点滴をしている。一晩ぐっすり眠れば、良くなるよ」

そう言われたとたん、沙也は安心して腰が抜けたようになり、立っているのもやっとだった。

「ありがとうございました」

「お大事に。君も、あまり疲れると体をこわすよ」

「はい……」

沙也は、和人の肩を抱いて、

「良かったね」

と言った。「お父さんが落ち着いたんで、お母さん、ホッとして疲れが出たんだよ」

「うん」

和人も生き返ったような様子で、「お父さんもお母さんも倒れたら、どうしようかと思った」

「このお姉ちゃんがいるじゃないか」

「頼りないもん」

「言ったな！」

と、沙也は弟のわき腹をこづいて笑った。

「――あんたはもう帰りな。学校、ちゃんと行くのよ。それがお母さんを一番安心させるんだから」

「うん」

いつになく素直な和人だった。

「私、お父さんの病室に泊るから。いいわね？」

「分った。ちゃんと起きて行くよ」

以前の弟なら、こんなことは言わなかったろう。

父の入院で、和人も少し大人になったのだ。

「――お姉ちゃん」

「なに？」

「お腹空いちゃった」

沙也は笑って、

「じゃ、近くのファミレスで食べよ」

「おごり？」

「臨時収入があったの」

沙也は胸を張って、「好きなもん、食べていいよ」

大きく出たが、ま、ファミレスで高いメニューたって、たかが知れてる。

「そのお弁当は？」

忘れていた。曽根に買った弁当だ。

しかし、大丈夫と言われても今夜は母のそばについていたい。

「あんた、明日の朝にでも食べる？」

「うん！」

十五歳の食欲は底なしである。

「──沙也か」

父の声で目を覚ました。

「お父さん……。起きたの？」

「喉がかわいてな」

「お茶？」

「ぬるいのがいい」

「分った」

沙也はソファから起き上って頭を振った。

「母さんはどうした」

父は、母が倒れたことを知らないのだ。

「うん、今夜は帰るって。洗濯物とかもたまってるし」

「そうか。──母さんも、元気そうには見せているが、疲れてるだろう。お前、ときどき替ってやってくれ」

「うん。お母さんの方がね、お父さんのそばにいたいんだって」

と、沙也は微笑んで、「見捨てられなくて良かったね」

「全くだ」

と、父も笑った。

「お茶、少しぬるくして持ってくる」

沙也は病室を出た。

夜中、三時になろうとしてる。

人気(ひとけ)のない廊下の奥に、ナースステーションで夜勤の看護婦さんが働いているのが見える。

給湯室でお茶をいれ、少し水でぬるくして一口飲むと、

「これでいいか……」

と、給湯室を出ようとして――目の前に〈ヒトミ〉が立っているのを見て、息が止るほど驚いた。

「――びっくりした！」

〈ヒトミ〉は難しい顔で沙也を見ていた。

「何ですか？」

「言っといただろう。曽根の奴に係(かかわ)るなと」

沙也は青ざめた。

「私、何も……」

「奴を助けてやる約束をしたな」

「それは……。電話で頼まれて。でも会ってもいません」

「ともかく一緒に来い。俺にもどうしようもない」

〈ヒトミ〉は一人ではなかった。他に二人の男が待っている。

「――このお茶、父が待っているんで、持って行かせて。お願い」

と、沙也は言った。

「分った。ここで待ってる」

沙也は、病室へ戻って父にお茶を飲ませると、

「眠っててね。私、ちょっと出かける」

「どこへ行くんだ？」

「ちょっとね。ボーイフレンドの所」

父は苦笑して、

「母さんには黙っといてやる」

「よろしく」

沙也は微笑んで見せて、病室を出た。

〈ヒトミ〉が待っている。

「さあ、行こう」

促されて、沙也は階段を下りて行った。

――どうなるんだろう？

「曽根さん、無事なの？」

と、小声で訊く。

「今のところはな」

「私……殺されたりしないでしょ？」

わざと少し冗談めかして訊いた。

しかし、〈ヒトミ〉は真顔で、

「そうはさせたくない」

とだけ言って、口をつぐんだ。

——沙也は車に乗せられ、二人の男に挟まれて、しっかり腕をつかまれた。

どうなっちゃうの？

沙也は生きた心地がしなかった。

車が走り出すと——入れ違いに病院の玄関へと向う車があった。

立川だ！

沙也は車を運転する立川を見た。立川の方も、沙也に気付いて、目を見開いた。

一瞬のことだった。

沙也を乗せた車は、スピードを上げて夜の町へと出て行った。

31　廃屋

こんな所が、本当にあるんだ……。

呑気(のんき)なようだが、沙也は車が停(とま)り、外へ出ると、目をみはった。

閉鎖した工場か何か——ただの倉庫かもしれない。ともかく、人気(ひとけ)の全くない、海の近くらしい匂(にお)いが風にしみついている場所である。

よくTVの刑事物なんかを見ていると、こういう所で撃ち合いをしたり、取っ組み合いをしている。

でも、現実にこんな所へ連れて来られるなんて、思ってもいなかった。

男たちは何も言わずに沙也の腕をがっちりとつかんで歩かせた。

「腕が痛い……」

と、こわごわ文句を言ってみたが、全く無視された。

〈ヒトミ〉も、沙也の方を見ようとしないで、難しい表情をしていた。

どうなっちゃうの？

沙也には、まだこれが現実の出来事だと思えなかった。だって——こんなTVの二時間ドラマみたいなこと、本物のヤクザがやるだろうか？

「入れ」

ドアを開けて、男が沙也を建物の中へ押しやった。

ガランとした空間。――明りは上の方から洩れてくる。

錆びついたスチールの階段を上ると、事務所らしい部屋があり、そこは明るくなっている。

「上れ」

キイキイと耳ざわりな音をたてる階段を上って行く。

「――連れて来ました」

と、〈ヒトミ〉が言った。

まぶしい光が沙也の顔に当てられ、目がくらんだ。

「また会ったね」

聞いたことのある声だ。

まぶしくて何も見えないが、車の中で後ろ姿だけ見た白髪の男。あの声だ。

「すみません」

と、沙也は取りあえず謝った。「ネガは見付けられませんでした。父が入院してて、看護疲れで母も倒れ……」

ともかく理由を沢山並べようとした。

「黙れ」

と、男がつっいた。「訊かれたことにだけ答えろ」

「はい……」

今は素直に言うことを聞くしかない。

「その椅子に座れ」

折りたたみのスチールパイプの椅子が目の前に置かれた。そこに座ろうとして、つい手でゴミを払った。

「きれい好きだね」

と、愉快そうに、「そんな君を、汚れた床に這わせたくない。正直に答えてくれ」

沙也はゾッとした。

「でも……あの……私、何も知りません」

と、震える声で言うと、いきなり後ろから頭をこづかれた。

「訊かれたことだけ答えろと言ったろう！」

「ごめんなさい」

血の気がひく。――これは冗談でも何でもないのだ。

「まあ、そう脅すな。怖くて口がきけなくなったら、こっちも手間がかかる」

「へえ」

「——沙也君だったね。君の彼氏がここに来ている」

「え？」

沙也は、部屋の隅の方に明りが当てられ、そこに曽根が倒れているのを見て、息をのんだ。

「曽根さん！」

曽根はひどい有様だった。顔は鼻血で汚れ、服も引き裂かれて、殴られたのか、一方の目の周りにあざができている。

「沙也……」

「大丈夫？」

大丈夫なわけがない。でも他にかける言葉がなかった。

「おい、駆け寄って抱きしめてやらねえのか？　冷たいな」

と、せせら笑う声。

〈ヒトミ〉ではない。〈ヒトミ〉はずっと黙ったままである。

それは、いくらか沙也にとって救いだった。

「彼氏から、色々話を聞いたよ」

と、白髪の男が言った。

「——何のことでしょう」

「三原涼子は何も知らなかったそうだね」

「え？」

「彼女は君に頼まれて、何も知らずに仲介役をしていたそうじゃないか」

何の話か分らず、沙也は何も言えなかった。

「とぼけやがって」

と、また頭を殴られ、思わず首をすぼめた。

「――正直に話したまえ。今さら隠し立てしても、一つもいいことはないよ」

沙也は何とか背筋を伸して、

「何を話せとおっしゃってるのか、私、分りません」

と言った。

「貴様――」

また殴られる、と身を固くすると、

「やめろ！」

と、鋭い声がした。「いちいち殴られてちゃ、しゃべれないぞ」

〈ヒトミ〉が止めてくれたのだ。

「そうかね。すると、ここにいる彼氏の話の方がでたらめかな？」

「彼氏って――曽根さんは涼子の彼氏だったんです。私の彼氏なんかじゃありません！」

と、沙也が言って、「曽根さん、あなたから言って下さいよ」

曽根が呻(うめ)きながら体を起した。

「沙也……。ごめん。——何もかもしゃべっちゃったんだ」

「何もかもって？」

「隠し通すつもりだったけど、殴られたりけられたりして……。我慢できなかったんだ！」

「何を言ってるの？　私がどうしたっていうの？」

「沙也。——ごまかしはきかないよ。この連中には、正直に本当のことをしゃべった方がいい。どうせ言わなきゃならなくなる」

「曽根さん……」

沙也は愕然(がくぜん)とした。

曽根は、この男たちに痛めつけられて、何もかも沙也に押し付けることにしたのだ。

自分が助かりたいという気持は、もちろん分る。しかし、何も知らない沙也を黒幕に仕立てるなんて！

「——どうだね。彼はああ言ってる」

と、白髪の男が言った。

「私は何も知りません」

「そうか」

白髪の男は少し間を置いて、「すると、彼の言うことが嘘か」

「違う！　沙也が取り仕切ってたんだ！　何もかも。僕は沙也に言われた通りに動いてたんだ」

と、曽根が必死の形相で訴えた。

沙也は、急に自分の中の怒りや恐怖がスッとさめて行くのを感じた。

曽根の姿は哀れだった。——むろん、沙也だって、殴られたりしたら同じようにして逃げることを考えたかもしれない。

でも、少なくとも今は曽根と同じことはしたくない。

「——君の言い分は？」

と訊かれて、沙也は、

「同じです」

とだけ言った。

「何も知らないと？」

「そうです」

「困ったね。——白状してくれたら、命は助けてもいいと思っていたが」

冷汗が、こめかみを伝った。

殺される？――私、海の底にでも沈められるのかしら。

でも――どんな嘘をつけばいいかさえ分らないのだ。

「私、何も知りません」

と、沙也は両手を固く握り合せた。

「そうか」

ため息が聞こえた。「では――」

そのとき、〈ヒトミ〉が、

「パトカーだ！」

と叫んだ。

耳を澄ますと――サイレンが聞こえた。確かに近付いて来る。

「行きましょう」

と、〈ヒトミ〉が言った。「すぐ出ないと間に合いません」

「よし」

白髪の男が立ち上る。

沙也から、みんなの目が離れた。

ほとんど何も考えずに、沙也は立ち上ると、自分の座っていた椅子を両手でつかんだ。

そして、自分を照らしていた明りに向って投げつけたのだ。

部屋が暗くなる。

「おい！　どこだ！」

「捜してるヒマはない！　急いで逃げるんだ！」

と、〈ヒトミ〉が怒鳴（どな）った。

ドカドカと足音が階段を下りて行く。

そして、車が走り出す音。――サイレンはもうすぐ近くまで来ていた。

「――助かった！」

と、沙也は呟（つぶや）いた。

32　目ざめ

「沙也君！　無事か？」

と、呼びかけたのは立川だった。

「立川さん！」

外へ出るなり、沙也は立川の姿を見て、駆け寄った。

そしてしっかり抱きつくと、

「怖かった！」

と言うなり、緊張が途切れて一気に泣き出してしまった……。

「もう大丈夫だ。——しかし、見失わなくて良かったよ」

立川が、車で連れ去られる沙也を見て、自分の車をUターンさせ、尾行して来たのだ。

そして一一〇番へ通報した。

「ごめんなさい……。私、殺されるところだった」

「心配いらないよ。——僕の車で送ろうか」

パトカーの警官が、建物から曽根を支えて出て来た。

「——曽根さん」

と、沙也は声をかけた。

曽根は目を伏せて、

「すまない……」

と言った。

「何も言いません。でも、警察では本当のことを話して」

「うん……」

救急車が呼ばれ、曽根は病院へと運ばれて行った。

「じゃ、立川さん……」

「送るよ。乗って」

沙也は助手席に座ると、

「家へは帰りません」

と言った。

「じゃあ、どこへ？」

「どこでも」

と、沙也は言った。

「沙也君。――無理しなくていいんだよ」

「私が一緒にいたいんです。それとも、他に約束がある？」

立川は微笑んで、

「何もないさ。あってもスッポかす」

と言うと、車のエンジンを入れた。


目を覚ますと、カーテンを通して明るい昼の日射しが入りこんでいた。

沙也は、大きく伸びをした。羽根のように軽い掛け布団の下で、沙也の手足は思い切り伸びた。

ベッドの中に立川の姿はなかった。

もう出かけたのだろうか。

起き上ると、ナイトテーブルにメモがあった。

〈午後四時にKスタジオに来てくれ〉

沙也はちょっと笑って、

「ロマンのない人だ」

と呟(つぶや)いた。

時計を見ると、間もなく十二時だ。

チェックアウトの時間だろう。――沙也はゆっくりと部屋の中を見渡した。

とうとうこんなことになってしまった。

ゆうべ救われて、そのお礼だったわけではない。――いや、いくらかはそうか。

いつか、こうならないわけにいかなかった。そのことは、ずっと分っていたような気がした。

フロントへ電話して、十五分くらいで出ると連絡し、それからバスルームでシャワーを浴びた。

身仕度を整えていると、ケータイが鳴った。てっきり立川からかと、すぐに出ると、

「――もしもし？」

「ゆうべは失礼したね」

息をのんだ。

あの、白髪の男の声だ。

「何のご用ですか」

と、固苦しい口調で言った。

「ゆうべはおどかしてすまなかった」

「本当に――殺すつもりだった？」

「どっちかをね」

「じゃ、曽根さんの話を……」

「信じやしない」

と笑って、「初めから、奴が出まかせを言っているのはすぐ分ったよ」

「じゃ、私を脅したのは？」

「君があの曽根って男に、食ってかかって行くかと思っていたが、君はあくまでクールだった。感心した」

「はあ……」

クールも何も、すくんでしまっていただけだ。

「まあ、曽根も命拾いしたわけだが、臆病だからな、あいつは。警察でも、肝心のことはしゃべらないだろう」

沙也はベッドに腰をおろすと、

「あなたが誰なのか、私は知りませんけど、今までに殺されそうになったことがありますか？」

と訊いた。

「何のことだね？」

「曽根さんを臆病だなんて言えないってことです。私だって、あんな目に遭わされたら、どんなことをしても殺されたくないって思うでしょう」

少し間があって、

「君はいい子だ」

と、相手は言った。「確かに、君の言うことは分るがね、しかし、君なら決して他の人間へ押し付けないと思うよ」

「それで——ネガのことは？」

「あの話はまだ終っていない」

「何のネガなんですか」

「メモ。手書きのメモ」

「メモ……」

「ぜひ見付けてくれ。こっちで取り戻せれば今後、曽根にも君にも危険は及ばないと約束する」

沙也がためらっていると、向うが切ってしまった。

「ネガ……」

涼子の死と、そのネガと、どういう関係があるのだろう？

「――もう出なきゃ」

沙也はルームキーを手に、部屋を出た。

四時十五分ほど前に、Kスタジオへ着いた。

立川の名を出すと、部屋を教えてくれる。

教えられた通りに廊下を歩いて行くと、何かのドラマの収録らしく、振袖（ふりそで）姿の女の子たちとすれ違った。

ドアをノックして開けると、

「あら、早いのね」

エリカが一人でお弁当を食べていた。

「立川さんは……」

「今、打ち合せ。もう戻るわよ」

と、エリカは言った。「プールの吹替え、ご苦労さま」

「いいえ……」

沙也は椅子を引いて座った。

エリカがお弁当を食べる手を止めて、

「——とうとうね」

「え？」

「立川さんと寝た。——でしょ？」

沙也は頰が赤くなるのを止められなかった。

「どうして分るんですか？」

「分るわよ。私、自分がいつも恋してるタイプだからね」

と、エリカは言った。

「私……でも、どうせ長くは続かないと思ってます」

「どうして？」

「それどころじゃ……。父の入院、母も過労で倒れたりして、恋に夢中になってなんかいられません」

それは、自分に向けた言葉だった。

そこへドアが開いて、立川が顔を出し、

「あ、来たの。——エリカ。ちょっと収録場面の変更だ」

「ええ？　またなの？」

エリカはため息をつくと、「今日の分のセリフはしっかり憶えて来たのに」

「仕方ないよ、秋津竜の都合が最優先だ」

「分った」

お弁当を食べかけでやめる。

「私、片付けときます」

と、沙也は言った。「行って下さい」

「悪いわね」

エリカは、自分の大きなバッグを手に、急いで出て行った。

沙也が机の上を片付けているとドアが開いた。

振り向いた沙也は目を丸くした。

「エリカは？」

と訊いたのは、秋津竜だったのである。

33　新品

秋津竜は一人だった。

珍しい。——大体、これほどの大物なら、いつもマネージャーか何かがそばにくっついているはずだ。

「あの——今、エリカさんは打ち合せに出てます」

と、沙也は言った。

「そう。じゃ、ちょっと待たせてもらおうかな」

秋津竜は部屋の中へ入って来ると、適当に椅子を引いて腰をおろし、長い足を見せびらかすように、テーブルの上にのせた。

沙也は、ちょっといやな気がした。

それが顔に出たのだろう、秋津竜は、

「何か気に入らないことでもあるのか？」

と訊いた。

「いえ……。ただ——」

やめなさい！　余計なことを言うんじゃないの！

「ここでお弁当とか食べるんで、靴のままテーブルに足、のせられると……」

つい言ってしまった。

自分でもゾッとした。怒鳴（どな）られるかしら？

でも、沙也はゆうべのあの恐怖を味わったせいか、「なるようになれ」という気持でいたのだ。

だが、秋津竜はそれを聞くと、

「あ、そう」

と、素直に足をテーブルから下ろして、「お茶一杯もらえるかな」

「はい！」

沙也はホッとして、急いでお茶をいれた。

「――ありがとう。君、あの記者会見のときに……」

と、秋津がお茶を飲みながら言った。

「そうです。あのときは失礼しました」

「何ごとかと思ったよ」

と、秋津は笑った。

その笑いは、ごく当り前の若者らしい笑いで、沙也はいくらか親近感を覚えた。

「君はエリカの何なの？」

「特に……何っていうんじゃないです。代りにプールに放り込まれたりする役で……」

「あれって、君だったの？　ビデオで見て大笑いしたよ」

「別に笑い取ろうとしてやったわけじゃないんですけど……」

「君もタレントなの？」

「違います！　私、スタイリストの勉強してる学生で」

「学生か。――懐しい言葉だな」

秋津は伸びをした。「でも、エリカとは仲いいんだな。でなきゃ、記者会見のとき、あんな風にかばったりしないだろ」

「私――」

と言いかけて、ためらう。

「何だい？」

「秋津さんが何か言ってあげれば良かったと思います」

「俺が？」

「イングリッド・バーグマンって知ってます？　『カサブランカ』とかに出たスター」

「見たよ、それ。ハンフリー・ボガートの出てるやつだろ」

「あのバーグマンって、イタリアの映画監督と恋に落ちて、アメリカを出てヨーロッパへ行っちゃったんです。妻子のある男との恋で、バーグマンはアメリカで、すっかり嫌われてしまって。でも結局、その監督との恋に破れて、ハリウッドへ戻って来た。そのとき、空港には意地悪な質問をしようと大勢の記者が待ち構えてたんです。バーグマンが現われて、記者たちが殺到しようとすると、突然迎えに来ていた相手役の二枚目、ケーリー・グラントがテーブルの上に飛び上って、『さあ、何でも訊いてくれ！　僕の恋の話の方が何倍も面白いぞ！』って大声で叫んだんです。みんなが呆気に取られてる間に、バーグマンは車に駆け込んで無事に空港を出られたんですって。

——私、この話を聞いて、ケーリー・グラントが大好きになりました」

秋津は、沙也の話を黙って聞いていた。沙也はちょっと照れて、

「ごめんなさい、つまらない話をして」

「いや、いい話だな」

と、秋津は言った。「なかなかできないことだな、それって」

沙也は話を変えて、

「エリカさん、捜して来ましょうか？」

と言った。

「いや、いいんだ」

秋津はお茶を飲み干すと、「——ごちそうさま。じゃ、行くよ」

と立ち上った。

「あ、でもエリカさん――」

「いいんだ。どうせ後でスタジオで会うから」

秋津は出て行ってしまった。

それじゃ、一体何しに来たの？

沙也は首をかしげた。

すぐにドアが開いて、エリカと立川が戻って来た。

「あ、エリカさん、今――」

「誰か来てた？」

と、エリカが足を止める。

「今、秋津竜さんが。エリカさんを捜して――」

エリカは急に怒ったように、

「どうして呼んでくれなかったのよ！」

と、沙也をにらんだ。

「そうしようと思ったら、秋津さん、出てっちゃって……」

「いつ出てった？」

「つい、今しがた。二、三分前です」

と、沙也が言うと、エリカは黙って部屋から飛び出して行った。

「立川さん……。エリカさん、まさか……」

沙也が啞然とする。誤解のしようがない。

「実は、そうなんだ」

立川が苦笑して、「声をかけたのは秋津竜らしいけど」

「でも、まだ前の恋が……」

「手首の傷より、心の傷の方が早く治ったらしいよ」

立川は多少皮肉っぽく、「これも番組の宣伝になる」

「はあ……」

何てまあ、忙しいこと！

沙也は驚くやら呆れるやら……。


「――待って！」

夜の道。

街灯の明りの下で立ち止った秋津竜に向って、エリカが一気に駆け寄ると、

「私、あなたについて行く！」

と、しっかり抱きつく。

「僕のような男について来たら、不幸になるよ」

「構わない！　あなたのいない不幸に比べれば」

秋津がエリカを抱きしめ、熱いキス。

「——はい、ＯＫ」

と、指示が出る。「今の、駆け寄るタイミングが少し——。エリカちゃん？」

モニターを、みんなが目を丸くして眺めている。

もう収録のテープは止っているのに、二人はずっとキスし続けているのである。

「あのね……」

ディレクターが面食らっている。

すると、秋津がやっとエリカを離して、カメラを見ると、ニヤリと笑ってウインクして見せた。

笑い声が上る。

副調整室でモニターを見ていた沙也は、

「キザな奴」

と呟いた。「話題になりそうですね」

「しかしね、問題ありなんだよ」

と、傍の立川が小声で言った。

「どうして？　秋津竜って独身でしょ」

「そうだが、あそこの事務所は、ちょっとね……」

立川が意味ありげに言った。

「――じゃ、エリカちゃん、もう少し気持をためてね。抑え切れなくなって、パッと駆け寄るって感じ」

「はい」

エリカが元の位置へ戻ると、メイクの女性が髪の乱れを直す。

「抱きつくところまででいいよ」

と、ディレクターが言うと、

「いやだ。ちゃんとキスまでやらせて！」

と、エリカが注文したので、みんな大笑いになった。

「また、君の出番がありそうだよ」

と、立川がそっと沙也に言った。

34　頭に来た日

「あの子よ……」

という声が聞こえてくる。

もう、気にするのはやめようと思っているのだが、つい耳はそっちを向いてしまうのだ。

――沙也は、学校のお昼休み、近くで買って来たサンドイッチをパクついていた。

休憩室には、顔見知りの子が何人かいたが、誰もが何となく沙也を敬遠して近寄って来ないのである。

TVにチラッと映って、エリカの事務所のアルバイトをしていると分った。――それだけで、みんな、沙也が「うまくやってる」と思っているのだ。

「冗談じゃないわ……」

殺されかけたっていうのに！――沙也は口の中でブツブツ文句を言っていた。

すると、誰かが沙也の前に立った。

顔を上げると、目の前にいたのは、吉川みどり。

「みどり……」

沙也は笑顔を作ったが、それはぎこちないものにしかならなかった。

みどりの視線は冷ややかだ。

知っているのだ。沙也と立川のことを。

「座っていい？」

と、みどりが訊く。

「もちろんよ。かけて」

沙也が隣の椅子を引いたが、みどりはそれには座らず、自分で椅子を引いて腰をおろした。

「沙也。――どういうことなの」

正面切って訊かれると、沙也も辛い。

「みどり……。ごめんね」

と、沙也は目を伏せて、「ちょっと――大変なことがあったの。私、立川さんのおかげで命拾いして。ホッとした気持で、つい……」

「いい加減なこと言わないでよ！」

と、みどりが声を上げた。

休憩室の中がシンと静まり返る。

「助けてもらったお礼？　そんなもんなの、沙也にとって男って」

「そういうわけじゃ――」

「弾みで寝たの？　それなら、どうして何回もくり返してるのよ」

「何回もって……」

「白々しいわよ！　友だちの恋人を盗んどいて。自分がＴＶに映ったからって、いい気にならないでよ！」

休憩室にいる全員が、みどりと沙也の話に耳を澄ましている。

「みどり、お願い――」

「ご希望通りになったわよ」

「何のこと？」

「立川さんから言われたわ。『君とはもうおしまいだ』って」

沙也は愕然（がくぜん）とした。

「そんなこと――知らなかった」

「じゃ、立川さんに適当に二人で遊んでてほしかったの？　あんたより、彼の方がまだ正直だわ」

「私――」

「言いわけなんか聞きたくない！　私、沙也に言いたくて来たの。もう絶交だ、ってね！」

「みどり――」

「せいぜい、立川さんのコネを利用して仕事もらうのね。結構じゃない、夢がかなって」

「ひどいわ。そんなこと、私、考えてもいない」

と、沙也は我慢し切れず言い返した。

みどりが平手で沙也の頬を打った。

——一瞬、休憩室の中で、誰もが凍りつく。

みどりは立ち上ると、

「お邪魔さま」

と言い捨てて、足早に出て行ってしまった。

沙也は、叩かれた痛みなど、ほとんど感じなかった。

自分が親友を不幸にした。その思いが、沙也を責めつけた。

休憩室の中は、やがてまたザワつき始めたが、やはり沙也に話しかけて来る子は、一人もいなかった。

沙也は、味も分らずに、サンドイッチを食べ続けた……。

「やあ、悪いね」

あまり会いたくない顔が出迎えてくれた。

刑事の高林である。

沙也は黙って中へ入った。

——殺風景な部屋である。

よくTVドラマとかで見る取調室とそっくりだ。——違うのは、今、その中に自分がいる、ということである。

「まあ、かけなさい。何か飲むかね?」

愛想のいい高林を見ると、却(かえ)って不安になる。

「お水でいいです」

と、沙也は言った。「お話って——」

「あわてることはない」

高林は沙也の前に水のグラスを置くと、「水道の水じゃないよ。ちゃんとスーパーで買って来たミネラルウォーターだ。冷やしてある」

「どうも……」

沙也はそれを一口飲んだ。

「——それで、滑らかにしゃべれるようになっただろ」

「しゃべるって、何をですか?」

「とぼけちゃいけないよ。ちゃんと、曽根君から話を聞いてあるんだ」

また曽根? ——沙也はうんざりした。

「何を聞いたのか知りませんけど、私、涼子も北山も殺してませんから」

と言ってやると、高林は笑って、

「じゃ、当人とご対面といこうか」

と言った。

高林がドアを開け、

「連れて来い」

と、外の誰かに命じた。

沙也は、この狭い部屋の中で、高林と二人になりたくなかったので、却ってホッとした。

じき、足音がして、

「連れて来ました」

「入れ」

——連れて来られたのは曽根である。

「大丈夫なの？」

あのとき、ひどい目にあって、入院していると思っていたのに……。

顔や手に包帯を巻いてはいたが、曽根は沙也を見て、ちょっと口もとに笑みを浮かべると、椅子にかけた。

「さて……」

高林が息をついて、「曽根君。この小田沙也君がどういうことをしていたか、本人に教えてやってくれたまえ」

今度は一体何をしたことにさせられてるんだろう？　沙也は不安な思いで待った。

しかし——曽根はチラッと沙也を見ただけで、

「この人は小田沙也さんです」

「分ってるよ」

「三原涼子の友だちでした」

「うん、それで？」

と、高林が腕組みをする。

「——それだけです」

曽根の言葉に、高林は目をむいて、

「それだけ？」

「ええ」

「おい、話が違うじゃないか！　お前、ゆうべは、ちゃんとしゃべっただろう！」

と、高林は怒鳴ったが、

「ゆうべ？——眠くて、何もしゃべれなかったですよ。あんなに眠らせないで取り調べりゃ」

「黙れ！　この小田沙也が三原涼子を嫌ってた——いや、殺したいほど憎んでいたと認めたじゃないか！」

「そんなこと、言いません。あなたが言っただけです」

「だが、お前は肯いた」

「そうですか？　それは、居眠りして、コックリコックリやっただけですよ」

「お前……」

高林は顔をゆでダコみたいに真赤にしている。

沙也は、曽根と笑みを交わして、

「――じゃ、私、これで帰ります」

と、立ち上った。

高林は悔しげに、

「好きにしろ」

「では失礼」

沙也はドアを開けて廊下へ出た。

――曽根が、また過酷な取り調べを受けるのでは、と心配だった。

外へ出るとケータイが鳴って、

「――はい」

「やあ、ずいぶん早く出て来たな」

振っている。

びっくりしてキョロキョロ見回すと、道の向いに停った車から、〈ヒトミ〉が手を
〈ヒトミ〉だ！

「――冗談じゃないわ。人を死ぬほど怖がらせといて！」

〈ヒトミ〉の運転する車に乗って、沙也は言った。

「そう怒るな」

「怒るわよ！　今日は頭に来てるんだから、私！」

もう怒り出すと止まらない。

「落ちつけ。――警察で何を訊かれた？」

「あのね、曽根さんが……」

沙也の話を聞いて、

「そうか、あいつもなかなか骨がある」

「感心してないで、助けてあげてよ」

「うちの弁護士から誰かを通して言わせよう。――安心しろ」

「どう安心すりゃいいのよ！」

沙也はむくれて黙り込んだ。

35　意外な呼出し

「一体、何なの？」

と、沙也は言った。「何か裏があるんでしょ」

「疑ってるのか？　旨いぞ。早く食えよ」

と、〈ヒトミ〉はさっさとナイフとフォークを手にして食べ始めた。

「教えてくれない内は食べない」

「じゃ、勝手にしろ」

〈ヒトミ〉はたちまちオードヴルの皿を空にした。

——思いもかけなかった。

〈ヒトミ〉の車で、どこへ連れて行かれるのかと思ったら、こんな洒落たフランス料理のレストラン。

しかも〈ヒトミ〉は結構なじみらしく、店のシェフが挨拶に来たのには、沙也もびっくりした。

ソムリエとも、ワインの話を楽しげにしてみたり、およそ沙也の持っていたイメージと違う。

「何だ、食べないのか？」

と、〈ヒトミ〉は沙也の前のオードヴルの皿を見て、「じゃ、俺がいただく」

持って行かれそうになって、沙也は反射的に皿を押えていた。

「やだ！　食べる！」

仕方なく食べてみると、これがおいしい。

「――素直に食べりゃいいんだ」

「だって、あんな目にあわせといて……」

「分ってる。だから今夜はあのときの埋め合せだ」

「何だか怪しいな。――まさか、私に払えなんて言わないわよね」

「それほどケチじゃないぜ」

と、〈ヒトミ〉は心外という様子で、「もっとも、払いはうちのボスだけどな」

「必要経費？」

「接待費だな。――お前を接待したって、一文にもならないが」

と、〈ヒトミ〉は笑って言った。

ま、どうやら今夜は古い倉庫へ連れて行かれてこづかれるって展開ではなさそうだ。

沙也は落ちついて食べ始めた。

「――うちのボスが、お前のことを気に入ったらしい。あんなときに曽根のことをかばったりしたのは、なかなかできるもんじゃないってな」

「どうも。——でも、誰か他の人に気に入ってもらいたいな、どっちかというと」

〈ヒトミ〉はニヤリと笑って、

「うちのボスも、そう馬鹿にしたもんじゃないぜ」

と、言った。「それに、お前、エリカのマネージャーとできてるんだろ?」

びっくりした沙也は、料理を喉に詰まらせて、むせ返った。あわてて水をガブ飲みし、やっと息をつくと、

「——何で知ってるんですか、そんなこと!」

「ちょっと手を回しゃ、たいていのことは分るんだ」

「放っといて! 私——そのせいで、友だち一人失くしちゃったんだから」

「吉川みどりって子か」

沙也は唖然とした。

〈ヒトミ〉は食事しながら、

「マネージャーの立川って奴に、惚れてるのか」

と訊いた。

沙也は少しためらって、

「好き……。もちろん。でも——誘いを断れない事情もあるの」

沙也は、父の入院のことを話して、「でも、もちろん立川さんがそれを恩に着せて、私のこと誘惑したってわけじゃないのよ。私も立川さんのこと、嫌いじゃないし……」

「嫌いじゃない、か。微妙だな」

「だって――よく分らないわ。あんな社会人の男性と付合うの初めてだし。どうせ長く続かないとは思ってる」

「そうか」

〈ヒトミ〉は肯いて、「何なら、その後は俺が引き受けてもいいぜ」

沙也は目をパチクリさせて、

「それって――私のこと、口説いてるの?」

「どうかな」

沙也は苦笑いして、

「いい加減なんだから」

と、食事を続けた。

――食後のコーヒーを飲みながら、

「立川のことだが……」

「え?」

「お前をタレントにするとか、そんな約束でもしてるのか」

「私を？　まさか！」

「しかし、お前だって、スターになりたくないわけじゃあるまい」

「スターだなんて……。もしスターになったら、あなたにごちそうしてあげる」

と、沙也は微笑んで、「ご心配なく。私だって、鏡ぐらい持ってるわ。身代りくらいはつとまっても、エリカさんみたいにはどう頑張ったって、なれない」

「そうか？　あんまり美人だと、かえって面白くないぜ」

「それって、どういう意味？」

「お前も、そう捨てたもんじゃないってことさ」

「お世辞と分ってても、悪い気しないわね」

と、沙也は言った。「でも、今の私は、他に色々心配しなきゃいけないことがあるの」

「頑張れ」

〈ヒトミ〉の言葉は、意外なほど暖かだった……。

〈ヒトミ〉の車で父の病院まで送ってもらった沙也は、廊下で立川が医師と話しているのを見て、びっくりした。

「立川さん！　来て下さったんですか」

「お母さんが倒れたって？　無理しちゃいけないな」

「過労なんです。でも、もう大丈夫」

医師が行ってしまうと、立川は沙也の肩を抱いた。

「三時までは空いている。――どうだ？」

時間刻みの恋。仕方のないことだが、少し寂しい。

「少し待って。母が心配するといけないから」

「ああ。じゃ、外で待ち合せようか」

拒めなかった。しかし……。

「立川さん……。みどりのこと……」

と、口ごもる。

「彼女とは別れたよ」

「知ってます。――私のこと、恨んでる」

「君に何か言ったのか。しかし、君のせいじゃない。このところ、ギクシャクしてたんだ」

立川の言う通りだとしても、みどりはそう思っていない。それが問題だった。

「じゃ、待ってるから、ケータイにかけて」

「ええ」

廊下には誰もいない。

立川は素早く沙也にキスして、足早に立ち去った。

「これも恋……かな」

今までの恋は、みんな同世代の男の子が相手だった。一緒にはしゃいだり、騒いだりするのが楽しかった。

でも立川は大人だ。恋の形も違っている。

足どりも軽く会いに行く、という気分じゃないのだが、それでも誘われるとついて行く。

〈ヒトミ〉が言ったように、「タレントにしてくれる」というのを条件に付合っていると見られかねない。

他人がどう思おうと、沙也は気にせずにいることはできた。でも、友だちが離れて行くのは辛(つら)い。

——沙也は父の様子を見てから、病院を出た。

母も、このところ夜は帰宅するようにしている。自分まで倒れたら大変だと思ったのだろう。

「——今日は帰るかな」

立川へ電話して、そう言おうか。

これから立川と会って二、三時間一緒にいてから帰ったら、夜中というより、明け方近くになってしまう。明日の学校に起きられるかどうか……。

外へ出た沙也はケータイを取り出して、しばらくじっと眺めていた。

すると、ケータイが鳴った。

「――はい」

「今、どこ?」

誰だろう? 立川の声ではない。でも、どこかで聞いたような……。

「あの――どちら様ですか」

「ごめん、分らないよな」

笑い声で分った。

「秋津さん。あの――私に何か?」

秋津竜からかかって来た! 大体どこでこのケータイの番号を聞いたのだろう?

「今ね、六本木にいるんだ。〈J〉ってクラブ。知ってるだろ?」

「知りません、そんな所」

「じゃ、捜して来なよ。ね」

「でも――」

「ちょっと待って」

　少しして、

「もしもし、僕だ」

「立川さん。秋津さんと一緒なの？」

「うん、そうなんだ」

「そんなこと、言ってなかったじゃない」

「それがここでバッタリ——。ともかく、ここへ来てくれよ。ね？」

　いざ邪魔が入ると、立川と二人になれないのが不服で、むくれてしまう沙也だった……。

36　大騒ぎ

　ああ……。頭が痛い。

　次の日、沙也はお昼過ぎになってやっと起き出して来た。

　もちろん、学校は休み。家にも帰れず、アパートに辿(たど)り着くのがやっとだったのだ。

　二日酔……。

　十代とはいえ、高校を出ればたいていの子はお酒やビールなら飲んでいる。沙也はあまり慣れていなかった。

結局、六本木のクラブで明け方近くまで。

――クラブには秋津竜が待っていた。隣にはしっかりエリカが寄り添って。

沙也は、二人の仲のいいところを見せつけられるだけで、結局のところ、何のために呼ばれたのか分らなかった。

――立川は「打ち合せがある」とかで(明け方に打ち合せというのも、凄い世界だ)、沙也を一人でタクシーに乗せて、そこで別れた。

「何だったのよ……」

沙也はブツブツ言いつつ、ともかく何とかシャワーを浴びて目をさました。

着替えをして、やっと少しさっぱりした気分でいると、ケータイが鳴った。

「――ゆうべはすまない」

立川からだ。

「つまんなかったわ」

「怒るなよ。僕だって、君とどこかへ消えたかったけど、何しろエリカが一緒だ」

「分ってます。でも、秋津さんにこのケータイの番号、教えたの、立川さんでしょ」

「訊かれりゃ、言わないわけにいかないだろ」

「そりゃそうだけど……」

釈然としない沙也である。

「ともかく、今度埋め合せはするからさ」

振替休日みたいな発想だ。——「埋め合せはする」

でも、昨日はもう来ない。同じ日は二度と来ないのだ。

立川の言い方には、「何でも代りがきく」という、この世界の考え方が出ていた。

「今夜、スタジオの方へ来てくれるかな」

「何時ですか？」

「九時。そうかからないと思う。僕はずっといなきゃいけないんだけど」

「分りました」

仕事だ。そう割り切ることにした。

父の入院は相当長引くことになりそうだ。それにかかる費用も大変だが、父の収入が失われたら、その日から生活していけなくなる。

沙也としても、少しでも稼いで、親の負担を減らさなくては……。

沙也は、ずいぶん散らかったままにしていた部屋を片付け、掃除をした。

体を動かしていると、二日酔が大分治って来た。一息入れていると、ケータイが鳴った。

「——もしもし、沙也？」

「お母さん、ごめんね。ゆうべ遅くなって、帰れなかったの。心配したでしょう」

何か言われる前に、沙也は早口に弁明した。

しかし、母、雅代の話は違っていた。

「そうなの。電話があってね、急なことなのよ」

「――会社に？」

「何の用事とか……」

「聞いてないけど、ともかく今日の三時に社の方へ、って言われて」

雅代は不安そうだ。「ね、沙也、一緒に行ってくれない？」

「私？　それは――いいけど」

母の気持は分る。

ともかく、父の会社の前で待ち合せることにして、電話を切った。


「ご同情はいたしますが」

担当者は、その文句を、テープみたいにくり返した。

沙也と雅代は、それでもすぐに、

「はい、分りました」

と、引きさがるわけにはいかない。

「でも、主人が入院したとき、一年は面倒をみていただけるというお約束で……」

と、雅代は言った。

「ですから、申し上げた通り、社の経営自体が危いんです。ご主人に給料をお払いするだけの余裕がありません」

——小さな応接室の中には、重苦しい空気が満ちていた。

会社は来月で父を退職とし、むろん給料もそこまで。さらに、入院後に払った給料は退職金から差し引くと言われた。

「まあ、ご同情はしますがね」

まだ若い人事の担当者は、口先だけでそうくり返した。

沙也は腹が立って、

「お母さん、もう帰ろう」

と、雅代を促(うなが)した。

「じゃ、来月に入りましたら、またご連絡します」

担当者は、そう言ってさっさと出て行ってしまった。

「——困ったわね」

と、雅代がため息をつく。

「仕方ないよ。お父さんにはまだ言わない方が」

「ええ、もちろん」

「私――ともかくアパートを引き払う」

「そうしてくれる？　引越しもお金かかるけど、家賃がもったいないものね」

「大して荷物ないから、誰かに頼んで運んでもらう」

あてはなかったが、ともかくそう言って、母を少しでも安心させたかった。

二人は父の会社を後にした。

外へ出たところで、

「お父さんの所へ回るわ」

と、雅代が言った。

「そう。私、ちょっと仕事があるの。夜、少し遅くに帰る」

「待ってるわ」

沙也は母を見送って、ついため息が出た。

「いよいよか……」

いつかこうなることは分っていても、考えないようにしていた。

アルバイトなんて、呑気(のんき)なことは言っていられない。――スタイリストも当面夢で終ることになりそうだ。

沙也は、沈んだ気持で歩き出した。

「何だろう？」

TVドラマ収録のための貸スタジオの見える所まで来ると、沙也は眉をひそめた。

正面玄関の所に、カメラマンやTV局のリポーターらしい姿が何人も見える。

たぶん、誰かここへ来るタレントを待っているのだ。恋愛スキャンダルか、警察沙汰か。

「ご苦労なこと」

と、沙也は肩をすくめた。

TV局なら裏口も知っているが、このスタジオは正面玄関からしか入ったことがない。

仕方なく、その取材陣をかき分けて入ろうと、

「ちょっとすみません」

と、声をかけると、

「――この子だ！」

と、誰かが叫んだ。

アッという間に、沙也は取り囲まれ、カメラを向けられた。

「秋津竜との関係は本当？」

と、マイクを向けられ、沙也は仰天した。

「何の話ですか？　私、ただのアルバイトです。人違いですよ！」

と、言い返す。

「でも、ゆうべ六本木のクラブで目撃されてますよ！」

「え？」

「秋津竜としっかり寄り添って。写真が週刊誌に出るんです」

「写真？」

「正直に答えて！」

正直も何も――。

しかし秋津と本当に「寄り添って」いたのはエリカだ。ということは、これが仕事なのかもしれない。

そのとき、

「やめて！――どいて下さい！」

立川が大声で言いながら、カメラマンを押しのける。

「立川さん！」

「中へ入って！」

立川に腕を引っ張られ、スタジオの中へ駆け込む。

「——ああ、びっくりした！」

沙也は胸に手を当てて、「どういうこと？　エリカさんの身代り？」

「いや、そうじゃない」

立川も当惑している。「分らないんだ、どういうことなのか」

沙也は首を振って言った。

「スターでもないのに、ワイドショーのリポーターに囲まれた人って、初めてね、きっと」

37　合成写真

「これが、今日の夕方、一斉にマスコミに流れたんだ」

立川はテーブルの上に一枚の写真を置いた。

沙也はそれを手に取った。

「これ……。ゆうべ行った六本木のクラブでしょ」

「うん。誰かが撮ってたんだな。気が付かなかった」

立川は舌打ちをした。

「だけど……こんなこと、私、してない」

その写真は、多少薄暗いものの、クラブの座席で肩を寄せ合っている男女を捉えていた。

男の方は横顔だが、秋津竜と分る。そして女の方は——どう見ても、沙也自身。

「よく見ろ」

立川は椅子を引いて腰をおろすと、「その服、ゆうべエリカの着てた服だ」

カラー写真なら気付いただろうが、モノクロなので印象が違う。

「合成だ」

と、立川は言った。「秋津竜とエリカの写真を撮って、エリカの顔を君と入れ替えたのさ」

「でも……誰がそんなことを？」

「分らないよ。しかし、合成した写真はたいてい拡大して見りゃすぐばれるものなんだ。こいつはよくできてる。プロの仕事だ」

確かに、沙也が見ても、細工した写真だとは全く分らない。

「感心してる場合じゃないでしょ」

「まあな。しかし、これが三日後に発売の写真週刊誌〈F〉に載る」

「そんな！」

沙也は目を丸くして、「何とかして止めてよ！」

「無理だ。あの出版社にはルートがない」

「だって──エリカさんも怒ってるでしょ？」

「どうかな。もうじき秋津竜もやって来る」

「私、エリカさんにも会いたくない！」

また、ひっぱたかれたりするのなんて、ごめんだわ！

「まあ待て、君も被害者だ。その辺のことはエリカだって分ってるさ」

「希望的観測だわ」

「まあ、そう言われると否定できないけどね」

立川は呑気なものだ。

こんなことで、いちいち心配していたらやっていられないのだろう。しかし沙也は芸能人でも何でもない。

こんな写真が出たら、それこそ学校で何と言われるか……。

そこまで考えて、沙也は思い出した。

「──私、学校、やめないと」

沙也がそう言ったので、立川はちょっと面食らって、

「何だって？」

「あ、ごめんなさい。──父がクビになったの」

「そうか」

「もう来月一杯で退職。収入、なくなっちゃうから、私、学生どころじゃない。働かなくっちゃ」

「大変だな」

「立川さん……。せっかくいい病院を紹介して下さったのに、申しわけないんですけど、費用が払い切れなくなったら、どこかへ移ることになるかも……。ごめんなさい」

立川は少しの間黙って沙也を見ていたが、

「病院のことは心配するな。せっかく治療してるんだ。途中で移るなんて」

「それはそうなんだけど……。あの病院じゃ一番安い病室に移っても、やっぱりお金がかかるし……」

「沙也君」

立川が立ち上って、沙也のそばへ来ると、「水くさいこと言うなよ。僕らは恋人だろ?」

「立川さん……」

「君が思ってるほど、僕はプレイボーイじゃないぜ」

立川のキスを受けて、沙也は微笑(ほほえ)むと、

「そんなにもてないよね」

と言った。

「言ったな」

立川が笑って沙也を抱き寄せる。——沙也は一瞬、心配ごとをすべて忘れて、立川の胸に顔を埋めていた。

「——お邪魔みたいね」

ドアが開いて、エリカがニヤニヤしながら立っている。

沙也はあわてて立川から離れた。

「休憩かい？」

立川の方は落ちついたもの。

「秋津さんが来ないとね。——予定より早いペースで収録してるなんて、珍しいわね」

「何か飲む？」

「ええ、コーヒーを」

「買って来よう」

「自動販売機のじゃいやよ」

「分ってる」

立川が出て行き、控室でエリカと二人になってしまった。沙也としては、何だか落ちつかない。

「──写真、見たわ」

と、エリカが言った。「よくできてるわよね」

「すみません」

「あなたが謝ることないじゃない」

「でも……」

「妙なもんね」

と、エリカは言った。「本当に彼と二人でいるところを撮られたら怒ると思うけど、こうやって他の人が彼といる写真が出ると思うと、面白くないの」

エリカはちょっと笑って、

「話題にもならなくなったら、私たち、おしまいだものね」

その穏やかな笑顔に、沙也はホッとしたのだった……。

「呆れたわね」

と、母、雅代がＴＶを見ながら言った。

「姉さん、いつからタレントになったの？」

と、弟の和人がからかう。

「うるさい」

沙也は朝ご飯を食べながら、弟をにらんでやった。

「――いい加減なのね、こういう話って」

と、雅代は笑って、「ご飯、もういいの？」

「朝からそう食べられないわよ」

と、沙也が言うと、和人が、

「タレントとしちゃ、あんまり太るわけにはいかないもんね」

と、からかった。

――秋津竜との写真は各TV局にも流れ、早速朝のワイドショーで取り上げられた。

しかし、意外なことに、これが小田家の重苦しい空気を救ってくれたのである。

雅代の言った通り、「いい加減」な情報ばかりで、沙也も呆れてしまった。

沙也の名前こそ出なかったが、

「十八歳のタレントの卵で、エリカの付き人をしていて秋津竜と知り合った」

ということになっていたのだ。

しかし局によっては、沙也が、

「いくつかのドラマに出演」し、「CMにも出ている」

——ＣＭ？　どこに出てるの？

沙也の方から訊いてみたい。

ドラマの「出演」といっても、エリカの代役でプールに落ちたのと、歌番組で、後ろ姿と足が映ったくらい。

これを「出演」とはいわないだろう。

父のことで沈み切っていた母が、ワイドショーを見て大笑いしているのが、沙也には救いだった。

弟を学校へ送り出すと、沙也は、

「私、アパートの契約、断ってくるね」

と、母へ言った。「事情話して、少しでも安くあがるようにする」

「お願いね」

「仕事も捜さないとね」

「でも学校が——」

「それどころじゃないよ」

「そうね……。悪いわね。お母さんも、お父さんの具合がもう少し落ちついたら、何か仕事がないか、捜してみるわ」

「お母さんまで倒れたら大変。ともかく、今は心配しないで」

私がしっかりしなくちゃ。――沙也は自分に言い聞かせた。

しかし、仕事と言っても、高卒の身で、どんな仕事があるだろう？

立川にこれ以上甘えるわけにはいかない。

父の入院に関しては、ある程度立川の世話になるしかないかもしれないが、お金のことで、立川に頼りたくはない。

たとえ立て替えてもらっても、必ず後で返す気でいた。

「恋人だろ」

と、立川は言ったが、「恋人」ならなおさら、お金のことはちゃんとしておきたい。

沙也は家を出た。

まず、学校へ行って退学の手続き。そしてアパート……。

夢は、またいつか挑戦しよう。――沙也はそう思った。

38　まぶしい光

明るいオフィスの一画、日当りのいい場所で沙也はパソコンの画面を眺めていた。

「ないなあ……」

と、ため息をつく。

ある人材派遣会社のオフィスである。

沙也は、もう三日もここへ通って、一日中パソコンで仕事を捜していた。

今は不景気で人材派遣の会社に登録しても、なかなか仕事は回ってこない。

特に、「小づかい稼ぎ」程度ならともかく、沙也のように、家族の生活のために働こうとすると、一日二日のアルバイトでは困るわけで、きちんと定期収入があって、できることなら正規の社員として雇ってくれる所がいい。

しかし、大学卒でもなかなか見付からないのが現状で、沙也はいい加減くたびれて来ていた。

中年になってから、リストラで職を失った人たちの苦労が察せられる。こんなものではないだろう。

――アパートを引き払い、学校を退学して、荷物を運んだり、あれこれやっている内に、あの写真をめぐる騒動も、すぐに忘れられていった。

立川からも、この一週間、全く連絡がない。

沙也も、会いたいと思うことはあったが、会えば甘えてしまいそうで、怖かった。

エリカの身代りのバイトも、一旦マスコミに沙也自身の顔が知れてしまえば、すぐにばれてしまうわけで、もう当てにはできない。

母の雅代は、父の病室に毎日通いつつ、家でできる仕事を捜している。父には、まだ何も言っていない。

「早く良くなって、会社へ行かなくちゃ」

などと父が言っているのを聞くと、母も沙也も本当のことが言えなくなってしまうのだった。

ずっとパソコンの画面を見ていると目が疲れる。

沙也が一旦立ち上って伸びをしたところへ、ケータイが鳴った。――立川からだ。

一瞬胸がときめいた。

「――もしもし」

「やあ、いたね」

「元気です」

立川の口調は屈託がなかった。「どうしてる？」

「アパート、出たんだって？」

「ええ。どうして知ってるんですか？」

「お宅へ電話したら、弟さんが出てね。教えてくれた」

「何だ。――今、職探しの最中で」

「あのマンションへ来いよ。時間、あるだろ？」

「ええ……。でも……」

「待ってるよ」

そう言って立川は切ってしまった。

「——ま、いいか」

平気なふりをしていても、学校に退学届を出すときは、涙がにじんだ。求人広告を見て電話をかけても、ろくに話も聞いてくれなかったりすると、悔しくて唇をかみしめた。

沙也は沙也なりに世の中の冷たい風にさらされて辛い思いをしていた。

少しは——たまには安らいでみてもいいだろう。立川と会えば、彼の腕の中で、しばらくは辛いことも忘れられる……。

沙也はコートをつかんだ。


「どうして僕に言わないんだ」

立川が言った。「相談しろと言ったじゃないか」

「ごめんなさい」

沙也は薄暗い部屋の中、半ば眠っているような気分だった。

立川に寄り添って寝ていると、時間が心地良くゆっくりと流れていく。

「——あなたに、これ以上迷惑かけたくなくて」

「君のそういうところが好きだ。しかし、君はまだ十代だぜ。大人に頼るのは恥ずかしいことじゃない」

「ええ……」

「実はね」

立川はガラッと口調を変えて、「この何日か、TV局や製作プロダクションと話して来た」

「何のこと？」

「君のデビューについてさ」

沙也は面食らった。

「――私の？」

「あの写真がきっかけで、君についての問合せがいくつも来てる。うまくいけば、あれを利用してやれると思ってね」

沙也はベッドに起き上って、

「それって――私に、芸能人になれってこと？」

「もちろん無理に、とは言わないよ。だけど、当れば金にもなる。やるだけやってみても損はしないだろ」

「でも……。私、何もできないわ」

「度胸と慣れさ。差し当り、今エリカと秋津竜のやってるドラマに、君のキャラクターを付け加えさせた」

「私がドラマに？」

「長年、別れ別れになってた秋津の妹って設定だ。どうだい？」

すっかり目が覚めてしまった。

「そんな、突然に……」

「やればできるさ」

立川はベッドを出て服を着ると、「仕度して。これからスタジオ入りだ」

「今日？」

沙也は目を丸くするばかりだった。


まあ……。やってやれないことはないけど。

沙也は鏡の前でメイクをされ、髪型を直されながら、たった一枚のシナリオを読んでいた。

「――どうだい？」

立川が覗きに来て、「いいじゃないか」

「自分じゃないみたい」

確かに、垢抜けてきれいに見える。

「セリフ、憶えた？」

「憶えるったって……。二つしかないんだもの」

それも、「お兄さん！」と呼びかけるのと、エリカに向かって、「初めまして」と言うだけ。

「この回のラストで、秋津竜の妹が登場、〈つづく〉となるわけさ」

「でも次の回は？」

「これからシナリオを書き直してもらう」

「立川さん……。やっぱり無理よ」

と、沙也はため息をついた。「お芝居なんてできないし、私。いくら小さい役だっていっても……」

「やってみろよ！　やれば結構面白いかもしれないぜ」

立川に肩を叩かれると、いやとも言えない。

「でも――」

「僕の立場を考えてくれよ。必死で説得したんだ。今さらいやだと言われたら、僕が困る」

そう言われると、沙也もそれ以上我を張るわけにいかなかった。

——スタジオへ入ると、

「あら、新人さんの登場だわ」

エリカが、お嬢様風のスーツ姿でやって来る。「すてきよ」

「そうですか？」

沙也は、エリカに比べると野暮(やぼ)ったい格好である。それなりに似合っている、と自分でも思った。

「やあ」

秋津竜がやって来て、「妹の役だって？」

「よろしくお願いします」

「妹じゃラブシーンはないな。残念ながらね」

と、秋津竜は笑って言った。

「あったら、私が削っちゃう」

と、エリカはしっかり秋津の腕をつかんで言った。

「——じゃ、リハーサル！」

と、声が響く。

沙也はドキドキして来た。

どうしよう？　できるかしら？

「新人の子——。何ていったっけ？」

「小田です。小田沙也」

と立川が答える。

「よし。小田君をセットの定位置に連れてって」

ＡＤに連れられて、沙也はセットの隅へ行った。

フラワーショップの店先という設定。セットに花が沢山運び込まれている。

腕を組んだエリカと秋津が店の前で足を止め、会話がある。

そこへ、通りかかった沙也が兄に気付き、

「お兄さん！」

と呼びかける。

足を止める位置に印がついている。

「ライト！」

という声で、まぶしい光の中にセットが浮かび上った。

沙也はライトがまぶしくて、何も見えなかった。——ちょうど今の沙也そのものだった。

39　モニター

私って、こんな声？

モニターで、自分の「初演技」を見たとき、沙也がまず思ったのは、そのことだった。

「変な声」

と、沙也が思わず言うと、モニターの前に集まっていた人たちがドッと笑った。

「誰でも初めはそう思うんだよ」

と、秋津竜が言った。「大丈夫。すぐ慣れるさ」

画面で、沙也がエリカに向って、

「初めまして」

と挨拶(あいさつ)する。

そして、画面一杯に、沙也の顔が映る。沙也は思わず目をそらしてしまった。

「この画面に〈つづく〉の文字がかぶさる。いいだろ？」

と、立川が言った。

「でも……」

正直、沙也はエリカが面白く思っていないことを分っていた。

「私がスターなのよ」

と、エリカは思っている。

沙也が自分のために色々やってくれたことは分っていても、スターのプライドは別である。

しかし、エリカは笑顔で、

「おめでとう。頑張ってね」

と、沙也の肩を叩いた。

沙也はつい、

「すみません」

と謝っていた。

「広告のための写真を撮るよ。来て」

立川に言われて、あわただしくスタジオを出る。

用意された衣裳を二つも三つも取り替えて、撮影は二時間近くかかった。

スタイリスト、メイク、カメラマン……。

何人ものスタッフが、黙々と自分の仕事をこなしている。――こんな素人のデビューのために。

見ていて、沙也は胸が熱くなった。

それぞれ、みんなプロとして仕事に打ち込んでいるのだ。私一人が「素人です」と甘えてはいられない。

できるだけのことはやろう。

——沙也は、いい加減くたびれていたが、レンズの前で、精一杯笑顔を作り続けた……。


「あなたはそれでいいの？」

母の雅代は言った。

そう訊かれると、沙也も返事ができない。

「いいとか悪いとかじゃなくて……」

「分ってるわ。でもね、あなたを犠牲にしてると思ったら、お父さん、たまらないだろうから」

「それはないよ」

と、沙也は即座に言った。「私も楽しんでるもの。大変だろうとは思うけど、でもいやいややってるわけじゃないわ」

「それならいいんだけど」

——遅く帰宅して、沙也は母に話をした。

母はあまり驚いた様子でもなかった。

立川と付合っていることから、そんなことがあるかもしれないと思っていたようだ。

「和人の奴には、まだ言わないで」

と、沙也は言った。

弟はもう眠っている。

「どうして？」

「私からうまく言うから」

「いいけど……。問題は和人よりお父さんの方よ」

と、母は言った。

「分ってる」

それこそ父がどう受け取るか、想像がつかなかった。

父には、会社を辞めさせられたということも話していない。——病人の気持を考えると、そう簡単に切り出せなかった。

「まだ、私の顔がＴＶや雑誌に出るのは大分先だから。少し様子を見てからにして」

と、沙也は頼んだ。

「でも、話す前に、どこか他から聞いたりしたら、却(かえ)ってショックだわ」

「うん。そんなに引きのばさない」

沙也はともかく寝なくてはならなかった。

明日からも、ドラマの収録は続く。

「――おやすみ」

と言うだけで欠伸（あくび）の出る沙也だった。

ベッドに潜り込んだところへ、ケータイが鳴った。

「今日はお疲れさま」

立川だった。

「今かけてもらって良かったわ」

と、沙也は言った。「一分後なら、絶対に目がさめなかった」

立川は笑って、

「若い内だよ。そんな風に眠れるのは」

「立川さんだって、まだ若いじゃないの」

「十歳の違いは大きいぜ。君も二十八になれば分る」

「そうかな」

「帰ってから、お宅でどう言ってたかと思ってね」

気をつかってくれるのが嬉（うれ）しい。

「ありがとう。大丈夫よ、うちの方は。一生懸命やる」

「その意気だ。——明日は朝の九時に迎えに行く」

「はい」

仕事の会話だ。

恋人としての話もあるかと思っていたが、立川はすぐ切ってしまった。

少々ふくれっつらになって、

「冷たい奴」

と、呟きながら、沙也は枕に顔を埋めて、アッという間に寝入っていた……。


静かな住宅地の間にある公園。

小さな子供たちを遊ばせながら、世間話をしている奥さんたち。——「公園デビュー」なんて言葉は知っていても、現実にこういう場面に出くわすことはあまりない。

沙也にとっては珍しい光景だった。

——都内でのロケ。

風は少し冷たいが、設定は「暖い日射しの当る坂道と、その先の公園」ということになっているので、本番のときは少し薄着で寒かった。

当日の朝、手渡されたシナリオは、今度は三ページ。セリフの数もぐっとふえている。

「これ、憶（おぼ）えるの？」

結構ややこしいエリカとのやりとりがあった。

「大丈夫。すぐ慣れるわよ」

と、エリカは言ったが、沙也にとって、少しも慰（なぐさ）めにならない。

ロケバスの中で髪を直してもらいながら、沙也は必死でセリフを憶えた。

アッという間に昼休みになって、沙也はエリカ、秋津竜と、近くの小さなレストランに行って食事をした。

立川がこの辺に強く、この店をすすめたらしい。

「――こういう静かな所に住みたいね」

と、エリカが食事しながら言った。

「秋津さんとですか？」

沙也が訊くと、

「当り前じゃないの」

と、エリカはムッとしたように言った。

「すみません、別に私……」

「ごめん」

エリカは首を振って、「私の方がいけなかったわ。彼とのことでは、色々うるさくってね」

秋津当人は、他人事みたいな顔で黙って食事していた。

四十分ほどで食事を終え、ロケ地の公園に戻る。

そのころには、秋津竜やエリカが来ているという話が近所に広まって、見物人もずいぶんふえていた。

「――沙也君、ちょっと待機してて。秋津のスケジュールが詰まってて、先に撮る」

と、ディレクターに言われて、沙也は暖い格好をしてベンチに座っていた。

まだ誰も沙也のことは知らないので、見物人も寄って来ない。

エリカと秋津のやりとりを遠くから眺めていた沙也は、何気なく見物人の方へ目をやった。

誰かと目が合う。

沙也は腰を浮かした。

見物人に混って、ケンカ別れした吉川みどりの姿があったのだ。

「――みどり！」

他人の視線など気にならない。

駆け出して行って、みどりの手を握る。

「沙也……。おめでとう」

「よしてよ。いつの間にかこうなって……。ね、座ろう」

みどりをベンチへ引っ張って行く。

「——立川さんと、うまくいってる？」

と、みどりが訊いた。

「まあ……。何とか」

「後になって、ずいぶんひどいことしたと思って……。ごめんね、沙也」

みどりの言葉に、沙也は泣いてしまいそうだった。

二人であれこれ話していると、立川がやって来た。

「じゃ、出番——」

と言いかけて、みどりに気付いた。

みどりがちょっと手を振って見せると、立川はホッとした様子で、

「出番だよ」

と、沙也に声をかけた。

40　新しい事件

ボイストレーニング、歌、踊り……。

むろん、演技の勉強も、と言いたいところだが、事実上、毎日の収録が「勉強」になった。

少しも有名ではなく、取材がやっとポツポツは入り始めた程度の沙也でも、こんなに忙しい。

「人気者って大変だろうな」

と、沙也は感心していた。

その日、沙也はタレント業初めての休日。

久しぶりに父の病院へ見舞に行った。

「――お母さん」

廊下の長椅子(ながいす)で、母、雅代がぼんやりと座っている。

「お母さん」

もう一度呼ぶと、やっと母は気付いて、

「沙也……。疲れてるでしょ。わざわざ来なくても……」

「たまには来たかったの。どうかしたの？」

雅代はため息をついて、

「会社の偉い人が、今ここに入院してるんですって。それで会社の同僚の方が四、五人で、見舞ついでにって、ここへ……」

「じゃあ——お父さんに会ったの？」

「そうなのよ」

父には、まだ会社のことを話していなかったのだ。

「——私がいればね。うまく話していただくようにお願いしたんだけど」

と、雅代は悔しそうだ。「たまたま、うちへ着替えを取りに帰ってたの」

「私に電話すりゃ、持ってきたのに」

「そうね。でも、あなたは毎日寝不足じゃないの」

「大丈夫よ。私、どこでも寝られるもの」

沙也は父の病室のドアを眺めて、「——お父さん、ショック？」

「それはそうよ。会社に早く戻りたいって言ってたのに」

「仕方ないよ。お母さんのせいじゃないんだから」

「もっと早く話しておくべきだったわ……」

雅代はため息をついた。

今日は話そう。――明日は必ず。

そう思っている内に、日がたっていた。

「――私のことは？」

「芸能活動のこと？　何も話してないわ」

「私、今日話す」

と、沙也は言った。「隠しておく方が良くないわ」

「沙也――」

「任せて」

沙也はためらわず父の病室へと歩いて行き、ドアを開けた……。


「じゃあ、先に帰ってる」

母と食事をして、沙也は家へ帰ることにした。

夜道を歩くと、少し肌寒いが、気持いい。

ホッとしていた。

父は、沙也の前では何でもないように振舞っていたが、沙也がドラマに出ていると話すと、

「そうか！　そりゃ見なきゃな」

と、嬉しそうだった。

お金のため、というのでなく、

「タレントに憧れてた」

ということにして話した。

父も一応その話を信じていたようだ。

父の気持を少しでも引き立てられればそれでいい。——私がしっかりやらなきゃ。

自宅の近くまで来ると、沙也は足を止めた。

公園——といっても、あのロケをしたような広い公園ではなく、ただの空地に近い——で、数人の男の子が集まっている。

薄暗い中、小さな赤い火が見えるのは、タバコを喫っているらしい。

むろん、未成年の子たち。

あんなことで、大人になったと思える年ごろなのだ。

そのまま行き過ぎようとしたとき、その男の子たちの中から、聞き憶えのある笑い声がした。

——和人？

様子をうかがうと、話し声の中に、確かに和人の声がする。

こんな所でタバコを喫って……。

叱ってやりたかったが、友だちの手前、却って反発するかもしれない。

一旦先に帰って待とうと、歩き出すと――。

「おい」

と、突然声をかけられ、仰天した。

「何だ！〈ヒトミ〉さんか」

「そうびっくりするなよ」

と、〈ヒトミ〉は笑って、「ドライブしないか？」

「だって――」

「十分ほどだ」

「いいけど」

〈ヒトミ〉には何か話があるらしい。

車に乗って、少し走らせると、〈ヒトミ〉は車を一旦停めた。

「タレント業はどうだ？」

「知ってたの？」

「当り前だ。――お前ならやれる」

「どうも」

と、微笑んで、「その話？」

「違う。——北山が殺されたこと、憶えてるか」

あのスカウトマンだ。

「うん、それが?」

「昨日、若いAV女優が殺された。ホテルでな」

「知らないわ。ニュース、見てる時間がなくて」

「警察は、例のお前の友だちの事件とつなげて考えていないらしい。あの子はモデルでも何でもなかったからな」

「断ったんだもの」

「そうだ。しかし、昨日殺された子は、やはり北山がスカウトした子だ」

「じゃあ……同じ犯人だと?」

「俺はそうにらんでる」

「涼子と同じ手口?」

「それもあるし、北山でのつながりもある。——お前も用心しろ」

「私?」

「北山と何度か会ってる」

「それだけよ」

「犯人はそれ以上のことがあったと思っているかもしれない」

　車で、家の前まで送ってもらう。

「――じゃ、しっかりな」

　と、〈ヒトミ〉は言った。

「ありがとう。でも、あなたって、刑事でもないのに、どうしてそんなに気にするの？」

「自分の係(かかわ)ってる場所で殺しなんかあると、とばっちりが来るんだ。早く犯人を見付けてほしい。それがだめなら、自分で捜す」

「早く見付けて」

　車を降りてドアを閉めると、〈ヒトミ〉がちょっと手を振って見せ、車は走り去った。

「――姉さん」

　和人が立っていた。

「和人。今帰り？」

「ちょっと友だちと会ってたんだ」

「ふーん」

　と、腕組みして、「何だか、タバコの匂(にお)いがするけどね」

　和人があわてて、

「隣にいたおじさんが喫ってたんだ。本当だよ」

と言いわけした。

「じゃ、お風呂(ふろ)だよ！」

沙也は和人の背中をポンと叩(たた)いて、玄関の鍵(かぎ)を取り出した。

――〈ヒトミ〉が三原涼子を殺した犯人を見付けてくれるのだろうか？

沙也は、ドラマの世界から、突然現実へと引き戻されたような気がしていた。

41　割れた窓

その日、朝から何だか現場の雰囲気がおかしかった。

「おはようございます」

芸能界の挨拶(あいさつ)は、夜でも「おはよう」だが、この日は朝九時からの収録で、正真正銘の「おはようございます」だった。

しかし、沙也の言葉に、誰も挨拶を返してくれなかったのだ。

スタジオの中は異様に静まり返っていた。

「――小田君」

立川が足早にやって来た。

「おはようございます」

「こっちへ」

立川は、面食らっている沙也を連れて、スタジオを出た。

「どうしたの？」

と、沙也が訊くと、

「しっ。マスコミに洩れるとまずい」

立川は沙也を控室へ連れて行った。

ドアを閉めると、

「――エリカだ」

と、腕組みしてため息をつく。

「エリカさん？」

「今朝、時間通りに迎えに行ったが、マンションにいない。ケータイも通じない」

「何かあったの？」

立川が黙って肩をすくめる。

それだけで通じる。

「――恋人のこと」

「当りだ」

「今は、だって――秋津竜さんでしょ？」

「その秋津がね……」

立川が首を振って、「ドラマの収録がすんでからにしてほしかったよ」

「エリカさん、秋津さんと喧嘩(けんか)したの？」

「それだけじゃない。秋津は大体、一人の女で満足してる奴じゃないんだ。エリカも、それは分ってるはずだけどな……」

付合う前は「分っていて」も、いざ自分のこととなれば、話は別なのだろう。

「ゆうべ、エリカは都内ロケで、ホテルに泊ることになってた。それが早目に終ったんだ」

「珍しいわね」

沙也も、もうドラマの収録に参加して三週間。大体「収録」はいつも「押す」ものつまり、予定より延びるものだと分って来ていた。

「ロケに使う場所が、急に二時間しか使えないってことになって、あわてて撮った。それで、エリカは思い立って秋津のマンションへ行った……」

沙也は肯(うなず)いて、

「秋津さん、他の女と一緒だったのね」

と言った。

「そういうことさ。エリカはショックでマンションを飛び出した」

「それっきり？」

「うん。――すぐそのときに、僕に連絡してくれてりゃ良かったんだ。結局、今朝になって、エリカがいないんで、もしや、と思って秋津に電話したら、『実は』――ってわけだ」

秋津としても言いにくかったのだろう。その気持も分るが……。

「エリカにも困るよ」

と、立川は言った。「ことは自分だけの問題じゃない。ドラマの収録そのものがストップしちまう」

立川の言う通りだが、しかし――。

エリカにそういう「プロ」としての意識を教えて来なかった立川も悪い、という気がした。

何といっても、エリカはまだ二十歳そこそこの女の子なのだ。

「どうするんですか？」

と、沙也が訊くと、

「今、話し合ってる。このままエリカが現われなくても、今日しかスケジュールの空いていない役者もいるしね。仕方ない。他の子で後ろ姿だけ撮って、後ではめ込むとか……」

「綱渡りですね」

「今日だけですめばいいがね」

立川はお手上げという様子で、「胃が痛いよ」

と、苦笑して見せた。

「私で何か役に立てる?」

「そうだな……。君と出番は重なってない。もし……」

と、口ごもる。

「私で後ろ姿がやれるなら、やります」

と、沙也は即座に言った。

「悪いね。君ももう一人前の役者なのに」

「そんなこと言わないで。恥ずかしい」

本当に沙也は頰(ほお)を赤く染めていた。

スタジオへ行ってみると、中はガランとしていた。

話し合いが長くかかって、待っていた役者たちがお茶を飲みに行ってしまったのだ。

「君も行くか」

と、立川が言った。

「私はセリフ、もう一度読み直したいけど……」

沙也の役も、ドラマの中で大分出番が増えつつあった。セリフも多くなって、憶えるのに必死だ。

――スタジオには、落ちついた感じのリビングルームのセットが組まれていた。

「誰かいる」

と、沙也は言った。

「え？」

「セットのソファに座ってる人……」

立川が覗いて、

「ああ、浦山さんだ。――おいで。紹介してあげる」

沙也はあわてて立川についてセットの中へ入って行った。

「浦山さん。エリカのことでご迷惑かけてます。マネージャーの立川です」

と、挨拶した相手は、もう六十代も後半かと思える年寄りで、沙也も名前は知らないが、TVドラマで見たことのある人だった。

「やあ、どうも」

「これは新人の小田沙也です。何ぶんこれがドラマ初体験で。ご迷惑かけると思いますが、よろしく」

「小田沙也です。よろしくお願いします」

と頭を下げると、相手は立ち上って、

「浦山修一郎です。こちらこそよろしく」

と、もっとていねいに会釈した。

沙也は驚いた。

挨拶がていねいだったことに、ではない。その「声」……。

特に大きな声ではなく、ボソッと言っただけだが、その声は沙也のお腹にズンと響いて来た。

凄い声だ。

「誰でも初めてってことはあるもんだ。気を楽にしてね」

笑顔は柔和で、まるで孫を見るような穏やかな目だった。

「はい」

「浦山さん、お茶でも？」

「いや、僕はセットにいないと気分がのらないんでね。気をつかわないで」

と、浦山は言った。

「じゃ、後ほど」

沙也は、立川とスタジオを出て、

「あの人……有名な人？」

「舞台で何十年もやって来たベテランだよ。脇をああいう人で固めないと、若い子だけじゃね」

舞台できたえた声。それがあの声なのか。

沙也は控室へ戻って、シナリオを開いた。

立川はエリカのことで何か分ったかどうか、確認しに出て行った。

自分のセリフにオレンジのマーカーで線を引く。

でも、セリフは相手とのやりとりだ。相手のセリフも頭に入っていないと、うまくいかない。

しばらく一心にセリフをくり返し口に出していると、ドアが開いて、浦山が顔を出した。

「君、一人？」

「立川さん、ちょっと出てますけど……」

「いや、今、手洗いに行って戻ったらね、セットの窓が割れてるんだ」

「え？」

沙也はびっくりして立ち上った。

ちょうど立川も戻って来たので、三人でスタジオへ行ってみると……。

「やあ、こりゃ……」

立川がそう言って絶句した。

リビングルームのセットに、広い窓があるのだが、その窓ガラスが派手に割られている。

「ちょっといない間に……」

と、浦山が言った。

「エリカだ」

立川はスタジオの中を見回して、「エリカ！　どこにいるんだ！」

と呼びかけた。

42　涙

スタートは大幅に遅れたが、ともかく収録は始まった。

昼休みの前に、予定の半分ほどしか終らなかったが、エリカも何とか演技していた。

しかし、秋津とは口もきかない。

立川が他のキャスト、スタッフに詫(わ)びて回る間も、エリカはついに一言も謝らなかった。

　エリカにしてみれば、

「悪いのは私じゃない！」

　という思いがあるのだ。

　ともかく、秋津もエリカに近寄らないし、セットの雰囲気はピリピリしていた。

　食堂でお昼を食べながら、沙也はエリカに話しかけようとしたが、全く無視された。

「――あ、ごめんなさい」

　沙也のケータイが鳴ったのだ。

　昼休みの食堂では、至る所でケータイが鳴っている。

「――もしもし」

　食堂を出て、沙也は言った。「え？――曽根さん！」

「やあ。TVドラマに出てるんだね」

「今、どこにいるの？」

「保釈になったんだ。――あの高林って刑事に散々絞られてね」

「大変だったわね」

「おかげでダイエットになったよ」

　と、曽根は笑った。

「大丈夫なの？」

「うん。あの〈ヒトミ〉さんが、取りなしてくれた。でなきゃ、消されてるところさ」

　そう聞いて嬉しかった。

「〈ヒトミ〉さん、涼子を殺した犯人も捜してるのよ」

「聞いた。あのね、そのことで、君に話したいことがあるんだ」

「何なの？」

「できたら会って話したいんだけど……。でも、君まずいよね。こんな保釈中の人間と会うの」

「何言ってるの」

　と、沙也は笑った。「私、そんなスターじゃないわ。仕事、すんだら電話する。遅くなるかも」

「構わない」

　と言ってから、曽根は、「でも――」

「どうしたの？」

「君には、ひどいことしちゃったのに……。一緒に殺されそうになったじゃないか。君、怒ってないの？」

「だって――私も、もし自分が殺されそうになったら、同じことしたかもしれないもの。助かったんだし、もういいじゃない」

「ありがとう……。君はいい人だな」

「それより、ちゃんとまた勉強して。ね？」

「――うん」

曽根は涙ぐんでいる様子だった……。


「――はい、もう一度」

と、ディレクターの声がスタジオに響く。

みんなのため息が聞こえた。

「どうなるの？」

沙也はそっと立川に訊いた。

「仕方ないよ。うまく行くまでやり直すしかない」

立川の表情もくたびれ切っている。

「少し休めば？　これじゃとても無理だわ」

「こっちから、そうは言えないよ」

スタジオの中を重苦しい疲労感が支配していた。

もう夜中の十二時を回っている。

収録がこんな時間になることは珍しくなかった。沙也は、この世界では、午前一時を「二十五時」、午前三時を「二十七時」などと呼ぶのだと知った。

たとえ朝までかかっても、それは「前日の終り」なのだ。

しかし、今の空気は、単に夜遅くなっての疲れではなかった。

原因はエリカだ。

場面はあのリビング。ベテランの浦山が、エリカの「長く会っていなかった伯父さん」の役で、エリカに、

「お金を貸してくれないか」

と頼みに来る、というところ。

エリカが「貸してもいい」と思いかけたところへ秋津が入って来て、それを止める。

ところが、エリカは「もうすぐ秋津が入ってくる」と思うと緊張してしまうようで、セリフを忘れたり、間違えたりする。

もう何十回となく、同じところをやり直していた。

エリカも疲れ切っている。秋津はふくれっつらで、「早く終らせようぜ」と、聞こえよがしに言っていた。

ただ、相手の浦山だけが、淡々と同じことをくり返していた。

今度はうまく行きそう……。

沙也は祈るような思いで見ていた。

ドアが開いて、秋津が入って来ると、

「何か用？」

と、エリカが訊く。

「お前、そんなことが——そんなことに——」

秋津は舌打ちした。

ため息が洩れる。

エリカが立ち上ると、

「しっかりやってよ！　せっかくうまくいってたのに！」

と、ヒステリックな声を上げた。

「何だよ！　お前が何十回もやりそこなってるんじゃねえか！」

と、秋津は言い返した。

大喧嘩になりかねない。

「少し休憩」

と、ディレクターがあわてて言った。

——沙也は、エリカがぐったりとセットの外の椅子に座り込むのを見ていた。

　このままじゃ、エリカは仕事を投げ出しかねない。

「――エリカさん」

　沙也が声をかける。

「あんた、もう帰れば」

　エリカが素気（そっけ）なく言った。

「ね、エリカさん。見て下さい」

「何を？」

「あの人――浦山さんって、ずーっとセットから動かない」

「年とってるから、面倒なのよ」

「そうじゃないと思いますよ。――ね、モニターで、今のところ見ません？」

「自分のしくじったところ見てどうするの？」

「見てみましょうよ」

　沙也は、エリカを引っ張って、モニターTVの前へ連れて行くと、副調整室の方へ、ビデオテープを再生してくれるように頼んだ。

「――見て下さい。私、ずっと見てて気が付いたんです」

　と、沙也が言った。

「何のこと？」

「浦山さん、一回もセリフ間違ったりしてないんですよね。それも必ず同じようにしゃべる。あれだけくり返してるのに」

「長くやってるからでしょ」

「見て下さい」

浦山の演じる伯父が、借金の話を切り出すとき、タバコを取り出してくわえようとするのだが、手が震えて、一本取り出したときに他のタバコが一緒に飛び出してテーブルに転がる。

細かい演技だ。

「ね、見てて。――あのタバコ」

「タバコ?」

「必ず、二本飛び出すんですよ。そして、同じように転がるの。――私、途中で気が付いて、ずっと見てたんです」

モニターに同じ場面がくり返し現われる。

エリカのしゃべり方はその都度違って、時には言葉が一つ抜けたりする。しかし、浦山のセリフはさりげないようで、全く変らない。そしてタバコを取り出す。

「ね。二本転がってくでしょ。同じように」

画面を見ているエリカの顔が変った。

「──本当だ」

「ねえ、全く同じように、何十回もやれるんですよ！　凄いと思いません？」

エリカは青ざめていた。

エリカは立ち上ると、セットの中を覗いた。

浦山がソファに座って、あのタバコを取り出す動作をくり返している。

そして、エリカに気付くと、

「どうだい？」

と、微笑んで、「こうして、ずっとやってないと、感じを忘れちゃうんでね。年寄は大変だよ」

と笑う。

エリカの目から涙が溢れて落ちた。

「浦山さん。──ごめんなさい」

と、エリカは言った。「今度は間違えません、私」

「間違えて上手くなるんだ。気にしないで」

と、浦山は言った。「僕なんか、昔、映画で同じ場面を三日間やり直したよ。これくらい平気さ」

「はい！」

エリカは肯いた。「——さあ、やりましょう！」

エリカの声がスタジオに響いた。

そして、エリカは見違えるようにみごとに、その場面をやってのけたのだ。

終ったとき、スタジオの中に拍手が起った。

エリカは浦山の前に立つと、

「ありがとうございました」

と、深々と頭を下げた。

——沙也は、目頭が熱くなるのを覚えた。

43　思い出の腕時計

「お疲れさまでした」

沙也は車を降りて、ドアを閉める前に、中のエリカに声をかけた。「いい仕事、しましたね」

「うん」

エリカも嬉しそうにしている。

「いいのか、こんな所で？」

と、運転している立川が沙也に訊いた。

「ええ、ちょっとこれから男と会うの」

「ハハ、立川さん、振られたの？」

と、エリカが愉快そうに、「振られた同士、飲みに行く？」

「やめてくれよ。今日は帰って寝ること。沙也君、君もだぜ」

「ええ、そんなにかからないわ」

「じゃ、おやすみ！」

エリカが手を振った。

――沙也は、立川の運転する車を見送って、それから目の前の二十四時間営業のファミレスに入って行った。

曽根はまだ来ていない。

収録が終ってから電話を入れたので、もう午前一時半である。

そう。普通なら、「もう一時半」だろう。でも、沙也は自分が「まだ一時半だ」と思っていることに気付いて、ちょっと驚いてしまう。

まだ、この世界に入って、わずかな日数しかたっていないのに。

もちろん、こうして都会で働く人たちの中には、夜中まで仕事している人も珍しくない。

ただ、沙也はまだ多少、これが「まともな暮し」じゃない、という感じを持っているのだ。

少しお腹が空いていたので、小ぶりなラーメンを取って食べていると、曽根がやって来た。

「ごめん！　店を間違えちゃって」

曽根は、大分やつれて見えたが、その表情は明るかった。

「こっちこそ、遅くなっちゃって」

「どうだい、ドラマに出た感想は？」

「無我夢中よ。――でも、お金をもらうんだものね、これで。早く一人前にならないと申しわけない」

「君らしいね」

と、曽根は微笑んだ。「――君が食べてるのを見たら、急にお腹空いて来たな。何か食べよう」

曽根がせっせとメニューをめくる姿は、無邪気な子供のようだった……。

食事の後、コーヒーを飲みながら、

「――話って？」

と、沙也は訊いた。

「うん……。これをね、君に持っててほしいんだ」

そう言うと、曽根は腕時計を外して、テーブルに置いた。

「腕時計？」

「止ってるけどね」

確かに、その腕時計は七時半くらいで止っていた。

「故障？」

「分らないけど——涼子がくれたものなんだ」

「涼子が……」

高級品ではなかった。むしろ、遊びにつけて行って、止ったら捨てるくらいの感覚だろう。

「でも、どうしてこれを私に？」

「うん、家は家宅捜索されて、大変だしね。これを失(な)くしたくないんだ」

曽根の言うことも、分らないことはない。

「じゃ、確かに」

と、沙也はその腕時計をポケットへ入れた。

「それで、曽根さん、涼子を殺した犯人のこと、何か知ってるの？」

「犯人が誰か知ってれば、ちゃんと警察に話してるよ」

「そうね。——でも、北山って男も、AV女優の女の子も殺されたのよ。ただごとじゃないわ」

「ああ、本当にね」

と、曽根は肯いた。「——あ、ちょっとトイレに行ってくる」

曽根は立ち上って、店のレジの外へと出て行った。

沙也は冷めたコーヒーをぼんやり飲んでいたが——。

ケータイが鳴って、出てみると、

「デート中か?」

立川である。

「あのファミレスでね。エリカさんは?」

「上機嫌で帰ったよ。これがいつまで続くか怪しいけどな」

と、立川が言った。「迎えに行こうか?」

「会ったら、真直ぐ帰りたくなくなるわ。今夜は帰る」

「そうか。分った。じゃ、また明日」

「はい」

爽やかな気持だ。——この気持をそっと大事に持っていたい。

だが——曽根が一向に戻って来ない。

沙也は少し心配になった。取調べで疲れているだろう。具合でも悪くなったんじゃないかしら？

沙也は店の人に頼んで見て来てもらった。

しかし、曽根の姿はなかったのだ。

曽根は黙って一人、店を出て行ってしまったのである。

——払うお金がなかったのだろうか？

それなら、そう言ってくれりゃいいんだわ。

少々腹を立てながら、沙也は二人分の支払いをして、店を出た。

そして家へ帰ると、服を脱ぐのもそこそこに、ベッドへと潜り込んで眠ってしまったのである……。


翌日、お昼前に何とか目を覚ました沙也は、シャワーを浴びて、やっと頭をスッキリさせた。

今日は午後遅くにスタジオ入りすればいい。

これが主役級となると、前の晩、どんなに遅くても朝九時には準備できていなければならない。

「ずっと脇役でいいや」

バスタオルで濡れた髪を拭いていると、家の電話が鳴った。

弟の和人は学校だし、母も父の病室へ行っている。急いで居間へ行って出ると、

「──小田ですが」

「君か！」

名のらなくても分る。高林刑事だ。

「何かご用ですか」

「曽根だ」

「曽根さんがどうかしたんですか」

「行方をくらました」

「え？　まさか！」

「保釈中に逃亡したとなれば、ただじゃすまさん！　何か知ってるか？」

「私、何も……」

「本当だろうな」

「私、今役者やってるんで、大変なんです。曽根さんのことなんか、心配してる余裕はありません」

わざと突っぱねるように言ってやった。

電話を切って、心配になった。

ゆうべ、曽根は自分で姿を消したのだろうか？

それとも、誰かに連れ去られたのではないのか？

部屋へ戻って、沙也は〈ヒトミ〉に電話してみた。

「――ああ、知ってる。こっちでも捜してるんだ」

と、〈ヒトミ〉は言った。

「じゃ、あなたたちが連れてったわけじゃないのね」

「違う。奴のことは一応けりがついたんだ。あいつ、妙に使命感に目覚めたのかもしれんな」

「どういう意味？」

「自分の手で、三原涼子を殺した犯人を捕まえてやる、とかさ」

「彼、犯人を知ってるの？」

「分らん。まあ、下手な探偵ごっこは大けがのもとだ。やめといた方がいいがな」

「〈ヒトミ〉さん。――私でできること、ある？」

「お前は新米役者だろ。そっちに集中してろ。俺が何かつかんだら、教えてやる」

「うん……」

沙也は、ともかく仕度しなくてはならないので電話を切ったが、不安は一向に消えなかった。

44　転落

夜はロケ。

しかし、暗くなったころから雨が降り出していた。

「雨の夜もいいよ。傘の色を、それぞれ変えて派手にしよう」

ディレクターの一言で、雨中のロケになった。

夜遅く、雨になると、かなり寒い。

出番の他は、近くの喫茶店で待っている。

エリカは別人のように、苦情一つ言わず、セリフも頭に入っている様子だった。

ゆうべの収録が、エリカを変えたのだろう。

今日は秋津竜の出番がないことも良かったのかもしれない。

「――すみません。仕掛けに手間どってるんで、もう少し待って下さい」

喫茶店に、ＡＤが息を切らして伝えに来た。

「はい、分りました」

エリカは文句も言わず、「びしょ濡れよ。風邪ひかないで」

と、逆に心配してやっている。

立川がそっと沙也と目を合せ、ウインクして見せた。

「——石段、転げ落ちる人がいるのよね」

と、エリカは言った。「けがしないかしら？」

「スタントのプロだ。大丈夫だよ」

設定は、エリカが恋人とケンカして、カッカしながらの帰り道。

長い石段のある坂道である。

ここでエリカは酔っ払いの中年男にからまれ、頭に来て、

「エイッ！」

と突き飛ばす。

酔っ払いは、みごとスッテンコロリンと石段を転がり落ちるというわけだが……。

絵になって見ている分には、どうというシーンではないが、落ちる方は大変だ。

特に雨で下が滑る。

「エリカ、靴をはきかえてくれ」

と、立川が言った。「滑り止めがついてる。デザインは同じだ」

「へえ、用意してくれたの？」

「僕がね」

と、立川は手さげ袋から、靴を取り出した。

「気がきくじゃない」

「当然だろ」

――やっと準備ができた。

「それで、悪いけどリハーサルのとき、沙也君、エリカの代りに立ってくれるかな」

と、ディレクターが言った。

「分りました」

「だめよ！」

と、エリカが言った。「私、自分でやる。却って、感じがつかめないと怖いわ」

「でも、もしエリカちゃんが転んだりしたら――」

「骨折してもちゃんとやるから」

エリカの気迫には、誰もが納得してしまった。

ライトが当てられ、雨の中、石段の途中でエリカと、レインコートを着た酔っ払いが絡む。

二人のやりとりは、二、三回のテストでＯＫになり、

「このまま本番！」

と、声が飛んだ。

沙也は、傍の立川へ、

「エリカさん、別人みたいね」

と小声で言った。

「ああ。責任感に目覚めたんだ」

「秋津竜とは？」

「『あんな人、もう忘れたわ』だとさ」

立川は苦笑して、「次を見付けるまでに、このドラマの収録が終ってほしいよ」

酔っ払いとのやりとりは本番一回でＯＫになり、さて、問題の転落シーン。

同じコートを着たスタントマンが、石段を上って行くエリカを追いかけて、肩をつかむ。エリカが振り向きざま突き飛ばすと、酔っ払いは石段を転がり落ちる——という場面だ。

「雨だし、コートが破れたりしても困るから、ぶっつけ本番！」

スタッフがあわただしく駆け回る。

エリカが真赤な傘をさして、石段の途中で待機している。

すると、ライトが急に消えてしまった。

「おい！　何してる！」

と、怒鳴り声がして、じきにまたライトがついた。

「OK、行くぞ！」

エリカが石段を上る。カメラはその姿を石段の下の方から見上げていたが――。

コートを着た男が、スッと横から出て来て、エリカの肩を叩いた。

「おい、早いよ、出るのが！」

と、ディレクターが怒鳴ったときには、エリカは振り向きざま、ドンとその男を突き飛ばしていた。

男は頭から石段を転がり落ちた。

「わあ、凄い」

沙也が思わず呟いたほどの迫力。みごとな落ちっぷりだ。

「いいぞ！」

ディレクターも叫んだ。「おい、ちゃんと撮ったか？」

「OKです」

「今の、最高だ！」

と、ディレクターは上機嫌だが――。

「あの……」

と、上の方で声がした。「僕の出番は？」

見れば、コートを着たスタントマンが立っている。

「君……。何してるんだ？」

「ここで待ってたんです。この段で出るように言われて」

「じゃ……今、落ちたのは？」

撮影現場に、しばし沈黙が広がった。

沙也は、こわごわ進み出て、完全にのびているコートの男を見下ろしたが……。

「まさか！」

「沙也君、君、知ってるのか、この人？」

「ええ……」

沙也は口ごもったが、「あの……この人、刑事さんです。高林さんっていう……」

言いたくなかったが、仕方ない。

高林は雨に打たれて、完全に気絶していた……。


「いてて……」

高林は、喫茶店でビニール袋に入れた氷をこぶのできた頭へ当てて、顔をしかめた。

「いや、治療費はもちろん、その破れたコート代ももたせていただきます」

プロデューサーが必死で謝っている。

「当り前だ！　このコートは英国製だ！　高いんだぞ」

と、高林が文句を言った。

「お怒りはごもっとも……」

「それに、この背広も泥だらけだ。これも英国製で……」

「嘘ばっか」

と、沙也が笑いをこらえ切れずに、「安月給なんでしょ」

「大きなお世話だ」

高林が、すっかりむくれている。

しかし、沙也が我慢できずに笑い出すと、エリカも一緒に笑い出してしまい、止らなくなった。

「――いかがでしょう」

と、立川が進み出て、「今のすばらしい演技に対し、ギャラをお払いしますので、この件はぜひご内聞に」

「ギャラだと？」

「ええ。あのみごとな転落場面！　プロでもああはいきません」

高林は、しばし渋い顔で考えていたが、

「――まあ、公務員として、ギャラはもらうわけにいかん。見舞金としてなら……」

「ではぜひ！」

「よし。――それで、私が転がり落ちたシーンはTVで使うのか?」

「それは……」

「使わない手はないですよ!」

と、沙也が言った。「大丈夫。顔は分りませんから」

「うむ……。そうか。――ま、すんでしまったことで文句を言うのも、大人げない」

要するにTVに映りたいのだ。

「――でも、刑事さん。どうしてあんな所にいたんですか?」

「君を捜していたんだ。この辺でロケをやってると近所で聞いて、ウロウロしていたら……」

「タイミングが悪かったのね」

と、エリカが言った。

そのとき、ADの一人が喫茶店へ飛び込んで来た。

「大変です! 誰かがあの石段で……」

「また誰か落ちたのか?」

「いえ……。死んでるみたいなんですが」

沙也は立ち上った。

まさか。――まさか!

雨の中へと駆け出した。

石段の途中、隅の方に人が倒れていた。

駆け寄った沙也は、息をのんだ。

——曽根だ。

ワイシャツの胸の辺りが血に染っていた。

「もう死んでるよ」

と、誰かが言った。

沙也は呆然と立ち尽くしていた。

ここになぜ、曽根がいたのか。

おそらく、沙也を捜しに来たのだろう。そして——誰かが曽根を撃った……。

「心臓を一発だな」

高林がやって来て、ため息をついた。

「——こんな場面、あったか？」

と、誰かが言った。

45　隠し場所

たとえ地球最後の日が来ても、TV局のプロデューサーは、

「しかし、視聴率が……」

と言っているだろう。

――これは誰だか沙也のよく知らない人が、ロケの合間に言ったジョークである。

それにならって言えば、

「人殺しぐらいで、ドラマの収録を遅らせるわけにはいかない」

のだ、と沙也は思った。

「じゃ、お昼にします」

と、ADが言った。「午後は三時半のスタートですので」

「とっくに午後でしょ」

と、エリカが呟くように言った。「――沙也ちゃん、一緒に食べに行こう」

昼食といっても、午前中の収録が押して、もう午後二時四十分。いい加減、若い胃袋は悲鳴を上げそうになっていた。

「上の中華の店が取ってある」

と、立川が言った。「おいで。案内するから」

——ドラマのロケは、あるデパートの中。

平日の昼間だから、そう混んではいないが、やはり少しすると物見高い見物人で溢れてしまう。

立川は、あまり客の使わない、裏側の方のエレベーターで、沙也とエリカを上の階の食堂街へ連れて行った。

さすが立川で、ちゃんと個室が取ってあり、エリカもホッとした様子だ。

簡単にランチを頼んで、ともかく二人はウーロン茶で乾杯した。

「ドラマも半分来たね」

と、エリカが言った。

「そうですか？」

沙也は夢中で、今が話のどの辺なのか、さっぱり分らない。

「——時間になったら呼びに来る」

立川がそう言って、せかせかと出て行く。

「忙しい人ね」

と、エリカは呆れて、「立川さんとは？　うまくいってる？」

訊かれて、沙也は少しどぎまぎした。

「あの――今はドラマのことで頭が一杯で。二人で会ってる暇もないですし」

「そういう時間は、どうにかしてこしらえるものよ」

と、エリカは「恋の専門家」らしく言った。

「彼を欲しくならないとしたら、大して気がない、ってことね」

沙也の胸には、殺された曽根のことが引っかかっていた。

曽根とは特別恋人という仲ではなかったが、危うく殺されかけたりした経験は、やはり忘れられない。

そして涼子のことを考えると……。

沙也は、ランチを食べながらバッグからあの腕時計を取り出した。曽根が涼子からもらったという、止まったままの腕時計だ。

――そうだ。

沙也は、ふと思い付いて、手早く食事を終えると、

「すみません。私、ちょっと出て来ます」

と、立ち上った。「すぐ戻って来ますから」

「いいわよ」

エリカはニッコリ笑って、「立川さんと逢引き?」

「エリカさん……。いくら何でも十分や十五分じゃいやですよ、私」

と、沙也は言ってやった……。

エスカレーターで下りて行き、沙也は、〈時計・貴金属〉という案内のあるフロアに着いた。

この腕時計。——きっと電池が切れているだけだ。

〈修理・電池交換〉というカウンターを見付けた。

白い上っぱりを着たおじさんが暇そうにしている。

「——すみません」

と、沙也はカウンターの前の椅子にかけて、

「これ。電池、換えて下さい」

腕時計を渡すと、

「はいはい」

仕事ができて嬉しそうに、そのおじさんが手早く腕時計の裏ぶたを外した。

小さな丸い電池が転がりでる。

そのおじさんは、二つの端子を電池に当てたが、

「——おかしいね。針が振れてる」

「え？」

「ほら。――まだ切れてないよ、この電池」

「でも、動かないんです」

「電池じゃないとすると、中のメカが壊れたのかな。それじゃ、修理は大変だ。買った方が安いよ」

「でも――」

と、沙也が言いかけたとき、

「ちょっと待って」

と、おじさんはピンセットを手に取った。

「――何だ。電池の下に何か挟んである。これじゃ動かないよ」

ピンセットでつまみ出したのは、二つに折りたたんだセルロイドのようなもの……。

沙也は息をのんだ。

これ……。もしかして――。

それをつまみ上げ、広げてみると、確かにネガのひとコマだった。

こんな所に……。

これが、あの〈ヒトミ〉たちの捜していた「ネガ」に違いない！

沙也は興奮していた。

これのために、曽根は殺されたのかもしれないのだ。そして、三原涼子も？

これを、やはり涼子が隠していたということは……。

「――動いたよ」

という声に、ハッと我に返った。

「あの……」

「ほら、ちゃんと動いてる」

腕時計が目の前に置かれる。

沙也は、ネガを手帳のポケットへしまうと、

「ありがとう。――おいくらですか？」

「いらないよ。元の電池をそのまま使っているからね」

「でも……」

「大した手間じゃない」

おじさんは愛想良く言った。

「すみません」

沙也は礼を言うと、立ってエスカレーターへと歩き出した。

どうしよう？　どうしよう？

このネガを、誰に渡すべきか。

〈ヒトミ〉に連絡すれば、喜んで飛んで来るだろう。

でも、このせいで曽根が死んだのだとすれば……。

これはやはり警察へ渡すべきだろうか。

しかし、あの高林刑事の顔を思い浮かべると、沙也としてはつい抵抗を感じてしまうのだった。

——ともかく、今はドラマの収録だ！

沙也はネガをしまった手帳をバッグへ入れると、上りのエスカレーターに乗った。


三時半ぴったりに、「午後の収録」が始まった。

デパートの特売場で、沙也がエリカとバッタリ出会うという場面。

もちろん、デパートは普通に営業しているのだから、収録は、その邪魔にならないよう、手早くやる必要がある。

エリカは、ドラマが進んで来るにつれて一段と集中力を身につけ、ほとんど録り直しがなくなっていた。

「——よし、あと、二人でデパートの中を歩いているカットを、いくつか撮っとこう」

と、ディレクターがホッとした様子で、「この分なら、早く終りそうだ」

そのとき、立川がケータイを取り出すのが目に入った。

むろん、収録中に鳴り出しては困るので、みんなマナーモードにしてある。沙也は電源を切っていた。

——メイクの人が来て、沙也の髪を直してくれる。

立川がディレクターと何か話していると思ったら、二人の目が沙也の方を向いた。

え？　何？　私のこと？

立川がやって来ると、

「ちょっと」

と、沙也の腕を取り、隅へ連れて行った。

「どうしたの？」

「君のお母さんからだ」

「母が立川さんにかけて来たの？」

「すぐ病院へ行くんだ」

立川の真剣な表情。

沙也の顔から血の気がひいた。

「父が——どうしたの？」

立川は答えず、

「送るから。——すぐ仕度して。後は何とかする」

と促した。

「立川さん！　言って！　どうしたの？」

沙也の問いかけに、立川は答えず、

「急げよ」

とだけ言った。

46　未遂

「目を離した隙に……」

と、母、雅代が言った。「でも、今日はとても陽気で、よくしゃべってたのよ。まさか……」

沙也は、母の腕をつかんだ。

「お母さんのせいじゃないよ」

――父が、病室のベッドで、頭を包帯でグルグル巻かれて寝ている。

「助かるの？」

と、沙也は言った。

「さあ……。今のところは、まだもってるけど」

雅代の声が震えた。

「でも――どうして！　飛び下りるなんて！」

沙也は、悲しいよりも腹が立った。

父、小田広和が、病室から抜け出して病院の屋上から飛び下りようとしたのだ。

しかし、屋上へは出られない作りになっていたので、迷ったあげく、非常階段から飛び下りた。

普通なら死んでいただろうが、途中で引っかかり、体を地面に叩きつけられたものの、骨折や打撲で何とか命を取り止めていた。

しかし、手術のあとが出血しているとかで、もう一度開腹手術をしなくてはならないという。

「心臓がその途中で参るかもしれないって……」

と、雅代が言った。

「和人は？」

「学校へ連絡したわ。そろそろ来るでしょ」

雅代は疲れ切った様子で、「あんたのケータイ、つながらないんで、前に一度聞いてた立川さんへかけたの。ご迷惑だった？」

「そんなことないよ」

と、沙也は首を振った。

「それならいいけど……」

沙也は、廊下へ出て、長椅子に座った。

胸の中を、色んな思いが駆け巡っている。むろん、ショックだったし、父の身は心配だったが、むしろ怒りとやり切れなさの方が大きい。

父にしてみれば、「仕事一筋」で生きて来て、入院、手術も仕事のせいなのに、それで会社から追い出されるというのは、信じられないことだったのだ。

でも――だからといって、妻子を残して死のうなんて。

あんなに心配して、看病している母の思い。夢を捨ててまで、好んでなったわけじゃないタレント業に打ち込んでいる沙也の気持。

それを分ってくれなかったの？

父に腹を立てても可哀そうだが、今の沙也は怒っている方が、不安を忘れられて良かったのだ。

――和人も駆けつけたが、父は意識がないまま、緊急手術に入った。

あの不安な時間が、またやって来た……。

病室で待っていると、立川がやって来て顔を出した。

雅代がていねいに礼を言い、

「せっかく、この病院をご紹介いただいたのに、とんでもないことをして、申しわけございません」

と、詫びた。

「とんでもない。お気持はよく分りますよ。――沙也君、ちょっといいか」

「はい」

沙也たちは、もう暗くなった外来の待合室へ下りて行った。

「――心配だな」

と、立川が言った。

沙也は黙って立川の胸に顔を埋めた。――しばらく抱かれていると、気持が落ちついて来る。

「――こんなときに悪いけど、スケジュールのことだ」

「うん」

「できるだけ動かして空けるようにしたが、明日の夕方、秋津との絡みはどうしても動かせない」

「大丈夫。やります」

「そうか。――ともかく、今は何も心配しなくていいからね」

「ありがとう」

立川がやさしくキスしてくれた。

立川の車を、病院の表で見送って、手を振ってから、中へ戻ろうとすると、

「——大変だったな」

「びっくりした！　〈ヒトミ〉さん！」

暗がりからブラリと〈ヒトミ〉が現われた。

「親父さん、どうだ？」

沙也は呆れて、

「そんなことまで知ってるの？」

「言ったろ。俺たちはどこにでも情報網を持ってるんだ」

〈ヒトミ〉はそう言って、「助かりそうか」

「分んない。——助かっても、意識が戻らないかも……」

さすがに、そう口に出すと、胸が詰る。

そのとき、沙也は初めて、あのネガのことを思い出した。

「——〈ヒトミ〉さん」

「何だ？」

「曽根さんを殺したの、誰？」

「俺たちじゃない。奴を生かしといちゃまずい人間がいるんだ」

「誰なの？」

〈ヒトミ〉は、沙也をふしぎなやさしさのある眼差しで見た。

「お前は知らない方がいい」

「どうして？」

「世間の汚ないことは、少しずつ知っていけばいいんだ。お前のような年齢じゃ、早過ぎる」

「じゃ、何か知ってるのね？　教えて！」

〈ヒトミ〉は答えず、

「親父さん、助かるといいな」

と言って、足早に消えてしまった。


「ご心配かけました」

沙也は、スタッフに挨拶して回った。

もちろん、誰も文句など言わない。

「助かったの？　良かったね」

と、やさしく言ってくれた。

——父は何とか手術を乗り切って、まだ予断は許されないものの、一応集中治療室で様子を見ている。

沙也は、秋津との出番をこなすためにスタジオへやって来た。

今日はエリカがいないので、沙也はスタジオの隅で一人台本を読んでいた。

ケータイが鳴った。

「――はい」

「やあ」

高林刑事だ。

「何か分りましたか」

曽根のことを訊いたのだが、

「それを訊こうと思ってかけたんだよ」

と、高林は不機嫌そうな声を出した。

「どういう意味ですか？」

「あの石段を転がり落ちてから腰が痛くてね……」

私のせいじゃないわよ、と沙也は言いたかったが、こらえた。

「――曽根を撃った銃は、もちろん密輸品で登録されてないが、前にある殺人事件で使われていた」

「じゃ、同じ犯人？」

「まあ、そう考えるのが自然だろう。しかし前には決定的な証拠がなくて、逮捕できなかった」

「誰なんですか？」

「君も知っている男だ。〈ヒトミ〉という呼び名のヤクザだよ」

――沙也は、ケータイの電源を切って、

「まさか」

と呟いた。

でも、〈ヒトミ〉はヤクザなのだ。言うことを信じる方がどうかしている。

ただ、頭でそう思っていても、沙也は直感的に〈ヒトミ〉を信じている。

でも――やっぱり〈ヒトミ〉がやったのだろうか。

「そうだわ」

確かめる方法は一つある。

〈ヒトミ〉に、あのネガが見付かった、と知らせてやる。そして、

「中も見たわ」

と、嘘をつくのだ。

〈ヒトミ〉はネガを取りに来て、沙也も殺すかもしれない。

事実が確かめられても、殺されるかもしれないという「欠点」が、この方法にはあ

る。

「――沙也君」

ADの一人がやって来て、「これ、今、女の人が」

メモのような手紙だ。

走り書きで、

〈殺人犯に狙われています。会って〉

と書かれていた。

〈私は、北山さんにスカウトされたAV女優で、あなたのことも北山さんに聞きました。外で待っています〉

――信じていいのかどうか。

「沙也君、出番だ！」

ディレクターの声に、沙也はそのメモをバッグへ押し込んで立ち上った。

47　銃撃

「はい、OK！　ご苦労様」

ディレクターの声がスタジオに響いた。

「――今日は早かったな」

秋津竜が上機嫌で、「なあ、帰りにちょっと飲んでいかないか」

と、沙也に声をかけた。

「ありがたいんですけど、父が入院しているので」

「あ、そうか。じゃ、仕方ないな。また今度ね」

秋津は、早速他の女の子に声をかけている。

いくらエリカと別れたからって……。

沙也は少し呆(あき)れた。

でも、まあ、それが「スター」ってものなのかもしれないが。

それに、エリカがこのところ演技に集中して、ほとんど自分のせいでNGを出すことがなくなったのが、秋津にも影響したらしく、秋津も、ろくにセリフを憶(おぼ)えないで来るということがなくなった。

全体として、ドラマの収録はスムーズに運ぶようになっていて、帰れるのも早くなった。

面白いものだなあ、と沙也は思う。

いくらコンピューター化されたり、CGが多用されたりしていても、やはりドラマは人間が作り上げていくものである。

「——どうしよう」

沙也は、バッグから、収録に入る前、ＡＤから渡された女のメモを取り出して見直した。

〈殺人犯に狙われています〉とあり、〈外で待っています〉とも……。

収録の途中には、どうしても抜けられなかったので、七時間近くたっている。今も待っているのだろうか？

それに〈殺人犯に狙われて〉いるというのも本当かどうか。

沙也は迷ったが、帰るにしても外へ出なくてはならないのだ。

「病院に行く？　送ろうか」

と、立川が声をかけて来てくれた。

父の様子も気になる。しかし、立川の車に駐車場から乗ってしまったら、このメモの女性には会えないだろう。

沙也は、

「私、ちょっと母に何か食べるものを買って行くから。——電車の方が早いですし」

と断った。

「分った。じゃ、明日も同じ時間にね」

「明日、エリカさんは？」

「うん、明日は出番がある」

立川とエレベーターで別れ、沙也はスタジオの正面玄関へと向った。

顔なじみになったスタジオのスタッフの人が玄関のあたりにいて、

「やあ、お疲れさん」

と、手を振ってくれた。

沙也は、共演しているスターより、こういう裏方さんに親近感を覚える。この人たちに気に入られたいと思う。

それは沙也自身、「スタイリスト」という人を飾る仕事に憧れていたせいもあるかもしれない。たぶん――もともと、そういう仕事の方が好きなのだ。

沙也は玄関を出た。

早く終ったとはいえ、もう夜の八時ごろだ。

沙也は、玄関のガラス扉の前に、中の明りで照らされて立っていた。――もし誰かが本当に待っているのなら、ここに立っていれば目に入るだろう。

バッグの中でケータイが鳴り出した。

急いで取り出したが、手が滑って、ケータイを落っことした。

「いけない！」

と、身をかがめて拾おうとした瞬間、バンと短い銃声がして、後ろのガラス扉に穴が空いた。

沙也は凍りついた。バン、バンとさらに二回銃声がして、ガラス扉が砕けた。

沙也は暗がりへ向って駆け出した。

ロビーでは人が駆けて来て騒ぎになっている。

沙也は駐車してあったワゴン車のかげに駆け込んで、肩で息をした。

車の急発進する音が聞こえた。――行ったのだろうか？

沙也は、今になってやっと体が震え出し、しゃがみ込んだまま、立つことができなかった……。

病院に着くと、沙也は母が休憩所のソファで眠っているのを見付けた。

疲れているのだ。――起こさずにそっとしておこう、と思った。

「すみません」

ナースステーションに行くと、よく知っている看護婦さんがいた。

「今までお仕事？　大変ね」

「いえ、そうでも……」

「あのドラマ、見てるわよ。夜勤のときはビデオに録(と)って」

「ありがとうございます」

「お父さん、大分落ちついてるわ。幸い、前の手術のあとが無事だったんで、ひどくならなくてすんだの」

「そうですか」

沙也はホッとした。

「後は、打撲の傷や骨折が治ればね。でも、同じことをしないように、ご家族でよく話し合ってね」

「はい」

温かい言葉に胸が熱くなった。

病室へ行こうとすると、ケータイが短く鳴った。

「切ってなかった！――メールだ」

ケータイのアドレスを知っている友だちは限られている。

そのメールを読んで、沙也は立ちすくんだ。

〈そっちへ行こうか。それとも出て来るか。お前の親父(おやじ)も一緒に死ぬことになる。ヒトミ〉

顔から血の気がひいた。

もうやめて！　いい加減にして！

叫びたいのを、何とかこらえた。

あのネガを渡してしまおう。——それで忘れてもらおう。

沙也は返信のメールを打った。

〈救急用出入口から出て行きます。例のものを持っています〉

母が眠っている、そのそばにバッグを置いて、中の手帳を取り出した。

あの小さなネガのひとコマが入っているのを確かめると、エレベーターへと向う。

人気のない廊下を歩いて行くと、途中でガラガラと音がして、看護婦さんがストレッチャーを押して走って来る。

救急車のサイレンが聞こえた。——急患が運ばれて来たのだ。

当直の医師も駆けつけて、

「輸血の準備!」

と、指示をしている。

沙也は救急用出入口へやって来た。

ちょうど救急車が着いて、患者が下ろされている。

沙也は足を止めた。

今出て行って、万一他の人が撃たれたりしたら大変だ。

患者が運ばれて行くと、沙也はそっと外へ出た。

救急車はそのまま停っている。——沙也は左右を見回した。

さっきのように、突然銃弾が飛んでくるだろうか。

鼓動が速まり、冷汗が背筋を伝う。

お願い！　出て来るなら、早く出て来て！

暗闇(くらやみ)が広がっている。その中に、動く影があった。

ハッとして身構えると、

「――夕涼みかい」

横の方で声がした。

フラリと現われたのは〈ヒトミ〉だった。

やっぱり……。この人だったのか。

信頼していたのに。

「――散歩か？」

と、〈ヒトミ〉は言った。

「とぼけないで」

と、沙也は言った。「私を撃つなら撃ってよ。その代り、他の人に当てないでよね」

〈ヒトミ〉は目をパチクリさせて、

「お前を撃つのか？」

「そのために来たんでしょ」

「何か得なことがあるのか？」

沙也は腹が立った。

「人を馬鹿にして！　メールよこしたでしょ！」

「何の話だ」

沙也がケータイを取り出して、さっきのメールを出して見せると、

「――なるほど」

「あなたでしょ」

「俺は面倒で、メールなんか打たない」

「え？」

「打てない、と正直に言うべきかな」

〈ヒトミ〉は、沙也を病院の建物の側へ立たせて、自分の背中で隠すようにした。

「〈ヒトミ〉さんじゃないの？」

「どうして出て来た」

沙也は、返信のメールを出して見せた。

〈ヒトミ〉は表情を固くした。

48
衝突

「本当に持ってるのか」

と、〈ヒトミ〉が訊く。

沙也は黙って肯いた。

〈ヒトミ〉は、周囲へチラッと目をやると、

「それで、どうするつもりだったんだ？」

「分らない。ともかく、もうそっとしておいてほしいの。父は入院して動けないし、母も疲れ切って眠ってる。そんな人たちを撃つって脅すなんて卑怯だよ」

沙也の目から涙が溢れた。

「そうか」

「撃つなら、私だけ撃って、これを持って行けばいい」

沙也が手帳の中から、ネガのひとコマを取り出した。

しかし、〈ヒトミ〉は手を出さなかった。

「取らないの？」

「お前はどうしたいんだ？　お前の渡したい相手に渡せ」

〈ヒトミ〉の眼差しは、温かかった。

沙也は、自分の直感を信じた。――どう言われてもいい。

「あなたが持っていて」

沙也は、〈ヒトミ〉の手の中に、それを置いた。

「――ご苦労さま！」

救急車の扉が閉り、動き出す。

すると、そこへ他の車が一台、走って来た。

「――やあ」

運転していたのは立川だった。

「立川さん……」

「君の顔が見たくてね。出られるかい？　一杯やりに行かないか」

立川は〈ヒトミ〉の方を見て、「――どなたでしたっけ？」

〈ヒトミ〉が、突然立川の車のドアを開けると、沙也を車の中へ押し込んだ。

「行け！　停るな！」

と怒鳴る。

闇の中でパッと光って、銃声がした。

「ワッ！」

立川が、フロントガラスのワイパーの吹っ飛ぶのを見て仰天した。

「早く出せ！」

〈ヒトミ〉が拳銃を抜く。

「ワーッ！」

立川が叫びながらアクセルを踏む。

車は夜の道へと猛然と飛び出して行った。

沙也は振り向いた。

銃声が二度、三度聞こえた。

「――どうしたんだ？」

立川が上ずった声で言った。

「停めて！」

「え？」

「停めて！」

立川の車が、病院から百メートルほどの所で停る。

「沙也君……」

「あの人が心配だわ」

沙也がドアを開けて外へ出る。

「おい、危いよ！」

「私、戻る！」

と、沙也は駆け出した。

「おい、待て！――待てよ！」

立川は車を強引にUターンさせた。タイヤが悲鳴を上げる。

「これに乗れ！　撃たれるぞ！」

「立川さん――」

「病院へ戻ってやるから、乗れ」

「ありがとう」

沙也は助手席へ飛び込んだ。

「車が穴だらけになるかな？」

「もしかしたら」

「――どうせ買い替えようと思ってたんだ！」

立川がアクセルを踏んだ。

車は、病院の〈出口〉から中へ入って行った。

正面から車のライトが――。

「危い！」

沙也は両手で頭を抱えた。

ドシン、と衝撃が来た。

「――ぶつかった？」

「ああ……」

沙也はこわごわ顔を上げた。

正面衝突したのだが、相手の車は大破していた。ガラスが砕け、ドアが開いてしまっている。

「――見ろ」

と、立川が得意げに言った。「俺の車の方が丈夫だった！」

沙也が車を降りる。

引きずる足音がした。

「〈ヒトミ〉さん！」

〈ヒトミ〉が肩から血を流しながら、やって来る。

「戻って来たのか！」

「うん。心配で……」

「全く……。言うことを聞かねえ奴だ」

〈ヒトミ〉は苦笑いした。

その安物の（?）車は、すっかりひしゃげていた。

「──のびてるぜ」

中を覗いて、〈ヒトミ〉が言った。

「ネガは……」

「こいつのポケットだ」

──沙也は車の中を覗き込んで、フロントガラスに頭をぶつけたのか、額から血を流してぐったりとハンドルにかぶさるようにのびている男の顔を見た。

──高林刑事だった。

休憩所のソファで、まだ母は眠っていた。

沙也がそばへ行って座ると、ふっと目を覚まして、

「──沙也？」

「うん」

「ああ……。眠っちゃった」

と、雅代は目をこすって、「──いつ、来たの？」

「あの……。さっき」

「起せばいいのに」

「だって、よく寝てたから」

「そうね。——ああ、さっぱりしたわ」

と、首をひねって、「お父さん、大丈夫だって」

「聞いた。しっかりしてもらわないとね」

「本当よ。ちゃんと働いてもらって、あんたにも好きな道へ行ってほしいし」

「私は結構楽しんでるわ」

それは半ば自分に言い聞かせている言葉だった。

「何だか騒がしいわね」

と、雅代が言った。

サイレンの音がする。

救急車ではなく、パトカーだ。

〈ヒトミ〉は、立川の車で、他の病院へ行った。

ここで治療してもらうわけにはいかないのだ。

——曽根が殺されたとき、高林は逃げようとして、間違ってカメラの前に入り、エリカに突き飛ばされた。

あの騒ぎで、却って高林がやったとは誰も思わなかったのだ。

「——沙也、先に帰ったら？」

と、雅代が言った。

「いいの？」

「私は大丈夫。昼間戻るわ。和人一人じゃ寂しいわよ」

「うん」

沙也は肯いた。「じゃ、私——明日も収録だから」

「頑張って」

「うん」

バッグを肩に、沙也は立ち上ると、「——お父さんの顔、見て行こう」

と言った。

タクシーで家へ帰ることにした。

途中、体が楽だ。

ウトウトしかけていると、ケータイが鳴った。

「——はい」

「どこだ、今？」

「〈ヒトミ〉さん。けがは？」

「平気さ。却って、これで休みが取れる」

「サラリーマンみたい」

と、沙也は笑った。

「大変だったな、お前も」

「でも、生きてる」

「そうだ。それが一番大切なことだ」

「私——殺されかけたとき、本当に、生きたいって思ったわ」

「すべては、生きてなきゃ始まらねえのさ」

と、〈ヒトミ〉は言った。

「あのネガは……」

「警察の中に、例のクスリの売買に係(かかわ)ってた奴らがいる。その連中の自筆のメモだ」

「じゃ、曽根君も利用されてたの？」

「ゆっくり話してやるよ、今度」

「うん……」

「ありがとう。助かったぜ」

「お大事に……」

沙也はそっと言った。

タクシーは夜道を走る。

「――あ、ちょっと止めて」

と、沙也は言った。

二十四時間営業のお弁当屋だ。

和人に買ってってやろう。

沙也は財布を手に、タクシーに待ってもらって、明るい弁当屋へと駆けて行った。

49 告白

「ここで待っててくれ」

と言うと、案内してくれた刑事は、沙也が何も言わない内に、出て行ってしまった。

「もう……」

沙也は腕時計を見てため息をついた。

スタジオに向っている途中、ケータイに連絡があって、やって来たのだ。

警察に呼ばれたのでは仕方ないが、スタジオでは沙也が来ないと収録ができない。

何の用なのかしら？　早くすませてほしい！

――連続ドラマの収録も、クライマックスを迎えていた。

回を追って、沙也の人気も上り、シナリオは書き直されて、沙也の出番がふえた。

それだけに沙也の方も必死だ。

警察署の、殺風景な応接室の古ぼけたソファに座りながら、沙也はいつものくせで、今日の分のシナリオを広げて自分のセリフを練習していた。

そこへ、ドアが開いて——。

「やあ、やってるね」

沙也は青くなって腰を浮かした。

入って来たのは、けがした額にキズテープを貼(は)った高林刑事だったのだ。

いや、もう「刑事」ではない。当然だろう。曽根や北山を殺した高林は、署内で取り調べを受けているはずだ。

それなのに、どうしてここへ？

「怖がることはないよ」

高林はニヤリと笑って、両手を持ち上げて見せた。手首には手錠がかけられている。

少しホッとしたが、それにしても、他の刑事がつかないのかしら？

「まあ、かけたまえ」

高林は楽しげに、「君があんな度胸の持主だとは知らなかったよ」

沙也は、じっと高林をにらみながら、渋々またソファに腰をおろした。

「刑事のくせに、ひどいわ！」

と言ってやると、

「刑事も人間だよ」

と、涼しい顔。「誰だって金はほしい」

若い刑事が入って来て、

「高林さん、これでいいですか？」

高林の注文した飲物を買って来たらしい。

沙也は呆れてしまった。

「びっくりすることはないよ」

高林は、紙コップに飲物をあけて、「僕はここでは大先輩として尊敬されてるんでね」

「曽根さんを殺したくせに！」

と言ってにらむ。

「あんな奴は、いずれまともでない死に方をしたよ。僕が殺さなくてもね」

「そんなことないわ。曽根さんは真面目に生きようとしてた」

「それはこっちにとっちゃ都合の悪いことでね」

高林は、手錠をかけた両手で飲物を飲み干すと、大きく息をついた。「自分一人、いい子になろうとしても、許されやしないんだよ」

高林が立ち上った。――手錠が外れて床へ落ちる。

「先輩――」

若い刑事が唖然とする。

高林がいきなり若い刑事を殴りつけた。

沙也は、高林が拳銃を手に入れて、銃口を自分の方へ向けるのを、呆然として見ていた。

「――さあ、出かけよう」

高林は、沙也の背後へ回って左の腕を首にかけて押えつけると、銃口を沙也のこめかみへ押し当てた。

「暴れると、つい引金を引いてしまうよ」

「やめて」

「さあ、出るんだ。ドアを開けろ」

――二人が出て行くと、署内が騒然とした。

「騒ぐな！　車を用意しろ。俺は出て行く」

と、高林は怒鳴った。

いくら沙也が「度胸がいい」と言っても、こめかみに冷たい銃口を押し当てられているのでは、生きた心地がしなかった。

何とかしてよ！

そう叫びたかったが、アッサリと高林の要求は受け入れられた。駐車場へ出ると、

「――さあ出かけよう」

と、高林は、車の助手席に沙也を座らせ、自分は反対側へ回った。

ドアに手をかけた瞬間、銃声がして、高林はガクッと膝（ひざ）をついた。

「畜生！」

と、高林が悔しげに呟（つぶや）く。

沙也は、高林が地面に崩れるのを、呆然と見ていた。

「――誰が撃ったんだ！」

刑事たちが駆けつけて来ると、怒鳴った。

沙也は、自分が助かったことより、高林が撃たれたことばかり騒いでいる刑事たちを見て、呆れた。

「救急車だ！」

という叫び声。

高林が苦しげに息をつくと、

「おい……」

と、そばへ来た沙也の方を見た。

「何ですか?」

沙也の目には、高林はもう長くない、と映った。

傍に沙也が膝をつくと、

「分ってる……。あいつだ」

と、高林は苦しげに言った。「お前は――羨(うらや)ましい奴だ。守ってくれる人間がいくらもいて……」

「高林さん……」

「俺は……金の力しか信じなかったけどな。中にゃ、君みたいに真っ当に生きてる人間もいるんだな」

高林は、苦痛が薄れたかのように、口もとに笑みを浮かべて、表情も穏やかになっていた。

「私は――普通に生きているだけです」

と、沙也が言った。

「ああ……。それが君を守ってくれてるんだ。君があんまり普通だから――誰もが君を守ってやりたくなる」

「あんまりしゃべらないで。すぐ救急車が来ますよ」

と、沙也は高林の方に身をかがめて、言った。

「――どうして俺のことなんか、心配してくれるんだ？　君の親友を殺したのに……」

「涼子のこと？」

「刑事じゃもてなかったけどな。――スカウトだと言えば女の子はついて来た。あの子は曽根を悪い道から立ち直らせようとしてたから、邪魔だったんだ」

「北山さんも？」

「涼子から何を聞いてたか分らないんでな。念のためだった。――俺だって、本当はやりたくなかった。でも……」

高林は咳込んだ。

「無理しないで！」

「大丈夫。――もう、今さら同じさ」

高林はちょっと微笑んで、「一つ残念なのは……」

「何ですか？」

「君のドラマを最後まで見られないことだな。ずっと見てたんだ」

「――ありがとう」

「ディレクターに言っとけ。君は左から撮った方が可愛い……」

高林がそう言って、疲れたように目を閉じた。そこへ、担架が運ばれて来て、

「早く運べ！」

と、刑事たちが高林を担架に乗せ、運んで行った。

誰も沙也のことなど気にもしていないようだ。

沙也は黙って外の道へ出て行った。

収録がある。沙也はタクシーを停めた。

50　未来へ

忙しく駆け回るスタッフ。

方々で人が怒鳴っている。

――あるホールを借りてのロケ。

コンサート会場で、主役の二人が出会う。――別れるつもりだった二人が、偶然ここで出会って、

「やっぱり、私たちは結ばれる運命だったのね！」

と、エリカが秋津竜に抱きつく。

ステージは華やかなスターのコンサート。

熱狂する観客。――むろん、エキストラだ。

プロデューサーやディレクターが、いつになく悲壮な顔をしているのも、このロケがドラマのクライマックスで、しかも一番お金がかかっているからだ。

「何が何でも、今日撮っちまうんだ！」

と、凄い意気込みだ。

「――大丈夫か？」

隅で準備を眺めていた沙也は、立川がいつの間にかそばに立っているのに気付いた。

「ええ。――緊張するけど、エリカさんほどじゃない」

「しかし、君も大事な登場人物なんだ」

それは分っている。

沙也は秋津竜の妹の役だが、「実は兄妹といっても血のつながりはない」ということになっている。それで、沙也も秘かに兄、秋津竜を愛しているのである。

しかし、このコンサート会場でしっかり抱き合う二人を見て、寂しく身をひく決心をする……。

何しろ後から付け足した役なので、かなり強引な展開ではあるが、それなりに胸迫るラストになっていた。

「私、何だか申しわけない」

と、沙也は言った。「こんな新人の身で、いい役、やらせてもらって」

「遠慮するな。ちゃんとファンがついて来てるんだ。でなきゃ、こんなに役が大きくならない」

頭では分っても、沙也には、どうしてもまだ自分が夢の中にいるような気がしてならない。

――設定が大がかりになれば、それだけ準備に手間どる。

収録が始まったのは、夕食をとった後のことだった。

まだ、エリカと秋津竜の二人の演技。

リハーサルがくり返され、その間に、エキストラの方も、コンサートに熱狂する様子などを撮っている。

本番となっても、なかなかタイミングがうまく合わず、二人のラブシーンがくり返された。

「――疲れた」

と、エリカが一息入れて、沙也の所へやって来た。「ごめんね、待たせて」

「いいえ。でも、凄くいいですよ」

「ありがとう。あんないやな奴相手でも、演技してる間は好きになってる気がするわ」

エリカはすぐに呼ばれて行った。

「――沙也」

立川が手招きした。「お母さんからだ」

と、ケータイを渡される。

「すみません！」

沙也は急いでロビーへ出た。「――もしもし？　どうしたの？――え？」

沙也は立ちすくんだ。


「よし、ＯＫ！」

ディレクターの声に、ワーッと歓声が上った。

「よし、終った！　ご苦労さん！」

プロデューサーも、予定時間内に収録が終って、満足げだった。

「沙也ちゃん！　良かったわよ！」

エリカが駆けて来て、固く手を握った。「ね、これから飲みに行こう」

「あ……。すみません、私、病院に行かないと」

「病院？」

「ええ、ちょっと父のことで……」

「そう。じゃ無理しないで」

大勢のスタッフが、忙しく片付けに走り回っている中を、沙也はすり抜けて行った。

立川はエリカについて行かなくてはならない。沙也は外へ出て、タクシーを探した。

そこへ車が一台、寄って来て停ると、

「乗れ」

「〈ヒトミ〉さん」

「病院だろ」

沙也は肯いた。

車は、夜ふけの道をかなりスピードオーバーで突っ走った。

「親父さん――」

「危篤って連絡が」

と、沙也は言った。「でも出られなかったの。エリカさんが必死でやってるのに、私が勝手に抜けるわけには……」

沙也の目に涙が溢れた。

「ひどい娘ね。私……やっぱりスターになんかなれない。こんなこと、辛すぎて……」

「しかし、世の中、誰にも都合いいようにはできてないんだ。お前が耐えて頑張った分、誰かが幸せになってるのさ」

沙也はチラッと〈ヒトミ〉の横顔を見て、

「あなたも、ずいぶんまともなギャングね」

と言った……。


「お母さん……」

病室は静かだった。

父の周りには、もう心拍や血圧を示す機械も、点滴のスタンドもなくて、いやにさっぱりしていた。

母が黙って座っている。

「ごめんね」

と、沙也は言った。「どうしても——出て来られなかったの」

「分ってるわよ」

母は沙也の手を握った。「お父さんだって、ちゃんと分ってたわ」

「でも——どうして?」

「急に容態が変ってね。やっぱり、あのけがで、どこかに内出血があったみたい」

「お父さん、何か言った?」

「いいえ。——意識を失って、それきり……」

ドアが開いて、看護婦さんが入って来た。

「色々お世話になりました」

と、母が頭を下げる。

「いいえ。残念でしたね、こんなことになって」

看護婦さんも涙ぐんでいる。「真面目な方で、私たちにもずいぶん気をつかって下さったんですよ」

その言葉は、沙也の心にしみ入った。

——廊下に出ると、沙也は広い窓から夜の町を眺めた。

あの看護婦さんの涙……。

仕事とはいえ、日々人の生死と向き合っている。その重さは、どんなものだろうか。

夜勤で、疲れているだろうに、他人の死に涙してくれる。その気持が嬉しかった。

窓ガラスに、自分が映っている。

その沙也の姿は、夜の闇の中で心細げに浮んで見えた。——これが私？

私は何をしているんだろう？

TVに出て、人に多少顔を知られて……。

あの看護婦さんたちは、決して人に知られる仕事をしているわけではないが、でも私より、ずっとずっと重い責任と使命を担っている。

私は有名になりたいのだろうか?――沙也は自分に問いかけた。

いいえ。――いいえ。

私にはまだ自分のしたいことが本当には分っていないのだ。

このまま流されてはだめだ。今は、与えられた仕事を精一杯やらなくてはならないが、いつか本当に自分の進みたい道を見付けよう。

「和人」

弟がやって来て、黙って沙也に抱きつくと、泣いた。

沙也は、廊下の長椅子(ながいす)に一人ポツンと座っている母を見た。何だか、一回り小さくなってしまったように見えた。

――そうだ。父のいなくなった今、母と弟と、三人の暮しを、私が支えて行かなくてはならない。

沙也は突然自分が一人ぼっちで砂漠の真中に放(ほう)り出されたような気がした。

でも――逃げ出すことはできない。

「しっかりして」

沙也は弟の頭をなでて微笑(ほほえ)んだ。「私がついてるわ」

「ご苦労さん」

スタッフが、次々と沙也の所へやって来て、握手して行く。

沙也は一人一人に、

「お世話になりました」

と、ていねいに礼を言った。

――ドラマの収録はすべて終った。

打上げのパーティの席で、沙也は軽い脱力感を覚えていた。

「沙也ちゃん」

エリカがやって来た。「お疲れさま」

「エリカさんも」

「私、今度のドラマで、演技するって、どんなことか、少し分った気がする」

「凄いなあ。私なんか、何してたのか、何も憶えてない」

「そんなことない。私、あなたからずいぶん色んなことを教わったわ」

「エリカさん……」

「でも――これからはライバルよ！」

と、エリカは微笑んだ。

「はい」

沙也は、パーティの会場を見渡した。

むろん、ここの主役はエリカと秋津竜だ。

でも、沙也も明日になると、グラビアの撮影やCMの打合せがあり、来月には別のドラマの仕事が始まる。

まだ主役とはいかないが、少なくとも初めからシナリオにある役だ。

「――花束贈呈！」

と、誰かが叫んだ。「主役はステージに上って！」

エリカと秋津が小さな舞台へ上り、用意された花束が渡される。拍手が会場を満たした。

「――ありがとうございます」

エリカがマイクの前に立った。「この花束を、もう一人の主役、小田沙也ちゃんに、贈りたいと思います」

拍手に戸惑っている内、沙也は舞台へ押し上げられていた。

「これからも頑張って！」

と、エリカに花束を渡され、沙也は照れながらそれを胸に抱いた。

――エリカの身代りを引き受けた日が、遠い昔のようだ。

人が死に、怖い目にも遭い、恋もした。

でも――私はまだ若いんだ！

拍手が止むと、エリカが沙也をマイクの前へ立たせた。
みんなが沙也の話すのを待っている。
私の言葉を聞いてくれる人がいる！
それは新しい喜びだった。
花束を手に、沙也は大きく深呼吸してからマイクに向って口を開いた。

解説

山前　譲
（推理小説研究家）

この『鏡よ、鏡』というタイトルからすぐに連想されるのは、童話の『白雪姫』だろう。ある国の王妃は、必ず真実を告げる魔法の鏡に毎日のように、「鏡よ、鏡、この世で一番美しいのは誰？」と問いかけ、「それは王妃、あなたです」と答えてくれるのに満足していた。ところがある時、鏡は「それは白雪姫です」と答えるのだった。それを聞いた王妃は、白雪姫を亡き者にしようとする。

そんな物語は犯罪小説であり、ミステリーの一種と言えなくもない。ただ、童話をキーワードとするならば、『鏡よ、鏡』はガラスの靴が主人公を新たな人生へと導く『シンデレラ』のほうに、より深い関係がある。その物語にはさまざまパターンがあるようだが、継母たちにいじめられていたシンデレラが、舞踏会(ぶとうかい)で見初められ、妃に迎えられるというのがよく知られている展開だろう。『鏡よ、鏡』の主人公である沙(さ)也(や)も、逆境のなかに活路を見出し、女優としての道を歩きはじめているからだ。

中学時代の友人の涼子(りょうこ)が行方不明だという。以前、原宿でスカウトされるのを待っていた彼女と、パーラーでちょっと話したことがあった。もしかしてその関係でトラブルが？　ただ、苦労しながらスタイリストの専門学校に通う沙也には、彼女を探す術も余裕もなかった。一方、人気絶頂のアイドルのエリカは、ベテラン俳優との恋愛がマスコミにばれそうになって……。

すでにオリジナル著書が六百冊を超えた赤川作品はじつに多彩だが、そのなかには芸能界を舞台にした長編も少なからずある。アイドルが人質事件に巻き込まれる『ト短調の子守歌』や、アイドル歌手の夏美のマネージャーが殺される『殺人はそよ風のように』は、すでにスターとしての位置を得ている主人公だからこそ起こった事件だった。

平凡なサラリーマンがアイドル歌手と結婚という事態を迎える『棚から落ちて来た天使』、TVロケを見物していて芸能界デビューを果たした美少女が復讐に燃える『虹に向って走れ』、平凡なサラリーマンとスターを目指すふたりの後輩とのミステリアスな三角関係の『やさしい季節』、静かな湖畔のロッジにドラマロケのため人気俳優が滞在したことで起こる騒動の『晩夏』、人気アイドルの声の代役を務めたことから声優がとんでもない体験をしている『沈黙のアイドル』、定年退職した男が女性タレントのマネージャーとして第二の人生をスタートさせる『記念日の客』など、芸能界を背景にした長編は他にもある。

シリーズ・キャラクターたちも芸能界にまつわる事件に直面してきた。

警視庁で一番嫌われているという大貫警部のシリーズの一作、「偶像崇拝殺人事件」は人気アイドルグループのコンサート会場で殺人事件が起こっている。花園学園高校のトリオが活躍するシリーズの『シンデレラの悪魔』では、十六歳の新人が映画の主役に抜擢されていた。妻が刑事夫が泥棒という今野夫妻のシリーズでは、『泥棒たちのレッドカーペット』がアイドルをめぐっての事件だった。

十五歳の春から毎年成長する姿が書かれてきた杉原爽香シリーズでは、映画界のベテラン女優の栗崎英子がメインキャラクターのひとりとなっているだけに、その業界の様子がそこかしこで語られてきたのだ。

現実の社会ではこのところ、アイドルが被害者となっての犯罪がたびたび報道されている。アイドルと熱烈なファンとのトラブルは昔からあったが、アイドルがより身近な存在となった今、繊細な対応が求められるようだ。だが、それでも華やかなスポットライトを浴びたいと願う人が多い。アイドルあるいはスターへの憧れは、ますます強くなっているような気がする。

その道はもちろん平坦ではない。極端に言えば上り坂と下り坂である。上り坂はきついけれど、その先には何かいいことが待っているはずだという希望がある。いくら本人が頑張ってもなかなか上れない坂もあるだろうが、タレントとして評価してくれる人たちが後押ししてくれるかもしれない。

　そんな上り坂はまだ未来が見えているが、一方の下り坂は落ち込むばかりである。ただ歩いていくだけなら楽だ。さほど努力することなくスターという終点に辿りつくかもしれない。けれど、もしつまずいたりしてどんどん転がり落ちてしまったら、そこにどんな結末が待っているか分からない。

　そんな上り坂と下り坂に直面する赤川作品で極端な展開を見せているのが、徳間文庫既刊の『ゴールド・マイク』とこの『鏡よ、鏡』である。

『ゴールド・マイク』のあすかは、思わぬ形で音楽事務所にスカウトされ、あっという間にトップアイドルとなっている。逆恨みや引き抜き工作といったトラブルにも見舞われているが、ひたすら坂を上っていくのだ。

　ところが、スタイリストの専門学校に通っているこの『鏡よ、鏡』の沙也はまさに奈落の底に突き落とされていると言えるだろう。高校を出てスタイリストの専門学校に進んだが、アルバイト生活で食費も切り詰めなければならない。勤めている会社が経営難となって、父の体調が芳しくない。恋愛のトラブルにも見舞われていく。そして失踪した涼子はどこに……。ただ、スターの代役というアルバイトが、そんな下り坂の傾斜をしだいに緩め、追わぬ方向へと導いていくのである。

　沙也のように試練に立ち向かっていく主人公の姿に、より感情移入してしまうのは当然だろう。乗っていた船が難破して荒波に投げ出されてしまった主人公が、どうやって助かるのか。より物語に引き込まれていくに違いない。

夫を殺した犯人として兄が疑われる『明日を殺さないで』の絢子、信頼していた上司が会社を辞めることになって心を痛める『君をおくる』の深雪、初キスを経験してから家族にトラブルが相次ぐ『くちづけ』の亜紀、チェロの天才少女と言われながら妻殺しの容疑者と逃避行の旅に出る『白鳥の逃亡者』の涼子、父の会社の倒産によって幸福な家庭が崩壊してしまう『悲劇のヒロイン』の希世美、刑事の父が証拠を捏造していたことが発覚する『天国と地獄』の信忍、大型台風が吹き荒れるなかで家族にも危機が迫る『台風の目の少女たち』の安奈……。

精神的にも物理的にも追い詰められた彼女たちは、ずっと下り坂を転げ落ちていくのではという不安を感じたに違いない。しかし、自らの揺るぎない意思が、やがて下り坂から上り坂へと転換させていく。

二〇〇三年十二月にハルキ・ノベルス（角川春樹事務所）の一冊として刊行されたこの『鏡よ、鏡』に、赤川さんはこんな「著者のことば」を寄せていた。

自分は何がやりたいのか。

若いころは、それが分からずに不安になる。また、したいことがあっても、周囲の状況がそれを許さないこともある。

本当に自分がしたいことを職業にできる人がどんなに少ないか。――それを知って将来に希望が持てなくなる。

そんな若い人々に、一人の若い娘の物語をプレゼントしたい。周囲の出来事に流されながら、自分を見失わない彼女と一緒に、しばしの冒険を楽しんでいただきたい。

この作品が発表された頃の日本社会は、就職難と言われていた。スタイリストを目指していた沙也にしても、専門学校を卒業してからの未来が見えていたわけではない。しかしだからこそ、はからずも芸能界に足を踏み入れながら、自分のアイデンティティを求め、そして保とうとする彼女の姿に引き込まれていくに違いない。そして、彼女の恋の行方と事件の真相の解明にも――。

真実を語ってくれる魔法の鏡などこの世にはない。いくら装っても鏡には真の自分が映されているのだ。そして悩みを問いかけても答えてはくれない。答えは自分で求めなければならないのである。

下り坂という運命を意識しながらも、沙也はつねに前を向いている。自分に正直に生きている。だからこそ周囲にいつしか、彼女を支えたいという人たちが集まっていくのだ。華やかな芸能界の影も描いている『鏡よ、鏡』だが、最後に沙也に当てられるスポットライトは真実である。

二〇一九年　六月

この作品は2005年5月ハルキ文庫より刊行されたものを底本としました。なお、本作品はフィクションであり実在の個人・団体などとは一切関係がありません。

徳間文庫

鏡よ、鏡

2019年7月15日 初刷

著者 赤川次郎

発行者 平野健一

発行所 株式会社徳間書店

東京都品川区上大崎三―一―一
目黒セントラルスクエア 〒141―8202

電話 編集〇三(五四〇三)四三四九
販売〇四九(二九三)五五二一

振替 〇〇一四〇―〇―四四三九二

印刷
製本 大日本印刷株式会社

ISBN978-4-19-894479-7 (乱丁、落丁本はお取りかえいたします)